THE FALL OF ARTHUR
トールキンのアーサー王最後の物語〈注釈版〉

J・R・R・トールキン
J.R.R. Tolkien
クリストファー・トールキン 編　小林朋則 訳
Christopher Tolkien　*Tomonori Kobayashi*

原書房

Foes before them, flames behind them,
ever east and onward eager rode they,
and folk fled them as the face of God,
till earth was empty, and no eyes saw them,
and no ears heard them in the endless hills,
save bird and beast baleful haunting
the lonely lands. Thus at last came they
to Mirkwood's margin under mountain-shadows:
waste was behind them, walls before them;
on the houseless hills ever higher mounting 70
vast, unvanquished, lay the veiled forest.
Dark and dreary were the deep valleys,
where limbs gigantic of lowering trees
in endless aisles were arched o'er rivers
flowing down afar from fells of ice.
Among ruinous rocks ravens croaking
eagles answered in the air wheeling;
wolves were howling on the wood's border.
Cold blew the wind, keen and wintry,
in rising wrath from the rolling forest 80
among roaring leaves. Rain came darkly,
and the sun was swallowed in sudden tempest.
The endless East in anger woke,
and black thunder born in dungeons
under mountains of menace moved above them.
There halted (ing) doubtful, (here) on high saw they
wan horsemen wild in windy clouds
grey and monstrous grimly riding
shadow-helmed to war, shapes disastrous.
Fierce grew the blast. Their fair banners 90
from their staves were stripped. Steel no longer,
gold nor silver nor gleaming shield
light reflected lost in darkness,
while phantom foes with fell voices

『アーサー王の死』最新稿の巻Iより、61〜94行目

『アーサー王の死』

『アーサー王の死』は、J・R・R・トールキンがブリテン王アーサーの伝説に取り組んだ唯一の試みであり、古英語の頭韻を使った最高にして最も見事な作品と考えていいだろう。この中で父は、古い話を理解して生まれ変わらせる力を使って、この物語の広く知られた深刻で宿命的な内容を再構成している。ここで語られるのは、アーサー王による遠い異教徒の地への海外遠征、グウィネヴィアのキャメロットからの逃亡、アーサー王のブリテン帰還時に起こった大海戦、反逆者モルドレッドの人間像、フランスの居城に戻ったラーンスロットの悩み苦しむ疑念などである。

残念ながら、『アーサー王の死』は父が執筆を途中で断念した長い物語詩のひとつだ。本作の場合、父が執筆を開始したのは、明らかに一九三〇年代初めであり、頭脳明晰な友人に送れるところまで書き進んでいた。その友人はこれを一九三四年の年末に読んで大絶賛し、父に「これはぜひとも完成させるべきだ」と熱心に迫ったほどだった。しかし、それはかなわなかった。父は執筆を断念した。正確な日付は不明だが、いくつかの証拠により、それは一九三七年、『ホビット』が出版され、『指輪物語』に取り組み始めた年だったようだ。数年後、一九五五年の手紙の中で、父は「『アーサー王の死』についての長い詩を同じ韻律で完成させたい」と言っていたが、それが実現する日はついに来なかった。

しかし、詩のテキストと関連のある原稿が大量に存在している。膨大な量の草稿と韻文の試行錯誤の跡であり、これを調べると、この詩の構成の奇妙な成立過程が明らかとなる。ほかに、物語の概要や、興味をかき立てる非常に重要なメモもある。こうしたメモによって、父によるアーサー王伝説の結末と『シルマリルの物語』との不思議だが明白な関係や、書かれることのなかったラーンスロットとグウィネヴィアの恋の苦い結末が浮かび上がってくるだろう。

クリストファー・トールキン

トールキンのアーサー王最後の物語〈注釈版〉◆目次

『アーサー王の死』

凡例

1　本書は、J. R. R. Tolkien: *THE FALL OF ARTHUR*（Edited by Christopher Tolkien), HarperCollins, 2015の全訳である。
2　本文中の行番号は、上掲の原書において表示されている行番号である。
3　本文中において、編者による補足や説明は［　］内に表記している。トールキンの詩やメモを引用した個所において、トールキンが書いた部分で判読しにくい個所を編者が推測したものは、［　］内に？を添えて表記している。訳注は【　】内に表記した。

まえがき

まえがき

よく知られていることだが、父の詩に見られる顕著な特徴のひとつに、古い「北方的」な頭韻詩に寄せる変わることのない愛着があった。この愛着は、中つ国（ミドルアース）の世界を歌った詩（特に、未完に終わった長編詩『フーリンの子らの歌 The Lay of the Children of Húrin』など）をはじめ、対話形式の詩劇『ビュルフトノスの帰還』（古英語詩『モールドンの戦い』を下敷きにした作品）や、父の「古ノルド語」風の詩『ヴォルスング一族の新しい歌』と『グズルーンの新しい歌』にも表れている（二編の古ノルド語風の詩について、父は一九六七年の手紙の中で、「何年も前に頭韻詩の書き方を身につけようとして書いたもの」だと記している【J・R・R・トールキン著、クリストファー・トールキン編『トールキンのシグルズとグズルーンの伝説〈注釈版〉』（小林朋則訳、原書房、二〇一八年）より訳文引用】）。『サー・ガウェインと緑の騎士』［山本史郎訳、原書房、二〇〇三年］では、その技能を発揮して、一四世紀の頭韻詩を、韻律を変えることなく現代英語に置き換えてみせた。こうした数々の作品に今回新たに加わるのが、未完で未発表の詩『アーサー王の死』である。

父がこの詩に言及した資料は、今のところわずか一点しか見つかっていない。それは一九五五年の手紙で、その中で父は、こう書いている。「わたしは頭韻詩を楽しみながら書いています。もっとも、これまでに発表したのは、『ビュルフトノスの帰還』を除けば、『指輪物語』に載せた数編の断片くらいしかありませんが。（中略）『アーサー王の死』についての長い詩を同じ韻律で完成させたいと、今も希望しています」（『トールキン書簡集The Letters of J.R.R.Tolkien』№１６５）。父の書いた文書の中に、この長い詩をいつ書き始め、いつ執筆を断念したかを示すものは何ひとつないが、幸いなことに、父はR・W・チェンバーズから受け取った一九三四年一二月九日付の手紙を保管していた。チェンバーズ（ユニヴァーシティー・カレッジ・ロンドンの英語教授）は、一八歳年上で、父の旧友にして強力な支援者であり、この手紙では、ケンブリッジへ向かう列車の中で『アーサー王』を読み、帰りの列車では「コンパートメントに人がいないのをよいことに、ふさわしい口調で朗誦した」と記している。彼はこの詩を絶賛し、「実にすばらしい（中略）本当に英雄詩的で、それに加えて、どうすれば『ベーオウルフ』の韻律を現代英語に持ち込めるかを示している点が見事だ」と高く評価した。そして、手紙の最後をこう締めくくった。「これはぜひとも完成させるべきだ」

　しかし、父がこれを完成させることはなかった。しかも、長編の物語詩の執筆を断念したのは、これが初めてではない。『フーリンの子らの歌』は、ほぼ間違いなく、一九二五年にリーズ大学を辞めてオックスフォード大学へ移る以前に創作をやめてしまったようだし、同年夏には『レイシアンの歌Lay of Leithian』（ベレンとルーシエンの物語）を、頭韻詩ではなく押韻二行連句で作り始めたと父自身が書き残している（『ベレリアンドの歌The Lays of Beleriand』三ページ）。さらにリーズ時代には、『ノルドーリのヴァリノールからの逃亡The Flight of the Noldoli from Valinor』という頭韻詩や、明らかに『エアレンデルの歌Lay of Eärendel』の冒頭部と思われる、もっと短い頭韻詩も書き始めていた（この二編については『ベレリアンドの歌』第二章「早い時期に断念された詩Poems Early Abandoned」参照）。【トールキン『シルマリルの物語』では、エアレンデルはEärendil（エアレンディル）と表記されている。】

わたしは『トールキンのシグルズとグズルーンの伝説〈注釈版〉』（五ページ【前掲書】）で、「証明したくても証拠がまったくないので単なる推測にすぎないのだが、父は『レイシアンの歌』の執筆を一九三一年の末近くに断念した後、新たな詩の創作活動［および、頭韻詩への再挑戦］として、北欧神話に題材を取った詩を書こうとしたようである」と述べた。もしもこれが事実なら、父は、一九三四年末の時点では完成からほど遠かった『アーサー王の死』を、北欧の詩ができあがったときには書き始めていたに違いない。

こうした数々の意欲的な詩を、どれもすでにかなり書き進んでいたにもかかわらず、なぜ途中で断念したのか、その原因を探るには、一九二五年に父がオックスフォード大学のアングロサクソン語教授に選任された後の生活環境に目を向けるといいかもしれない。父は教授・研究者として数々の職責を担い、家では家族の悩みや問題に取り組んだり家計を支えたりしていた。生前の父はたいていそうだったが、このときも時間の余裕がまったくなく、どうやら、わたしもこれが真相ではないかと思うのだが、インスピレーションの息吹が絶え間なく妨害されて消えてしまったらしい。それでもインスピレーションは、仕事や家族サービス――および、父の他の関心事――の合間に時間ができると再び湧き出ることもあっただろうが、そのときには物語への衝動は、おそらく別のものに変わっていたのだろう。

もちろん実際には個々の詩に執筆断念の具体的な理由があったに違いないが、今となっては確実なことは分からない。ただ『アーサー王の死』については、本書（一八二〜九ページ）にも書いたが、『失われた道 The Lost Road』の執筆と『ホビット』の出版をきっかけに、当時父の構想の中で、ヌーメノールの出現、丸くなった世界とまっすぐの道の神話、そして『指輪物語』の到来という大激変が次々と起こっており、そうした激変によって『アーサー王の死』は隅に追いやられたのだろうと思われる。

さらに、この最後の精巧な詩は、その性質上、中断や妨害の影響を格段に受けやすかったと考えてもいいだろう。驚くほど大量に残る『アーサー王の死』の草稿からは、父が心の底から気に入っていた韻律形式をこのような形で使う場合に伴う必然的な難しさと、複雑かつ繊細な物語を紡ぎながら、古英語の韻文が持つリズムと頭韻のパターンの枠内でふさわしい表現を見つけようとする父の厳格で完璧主義者らしい姿勢とが、ありありと分かる。表現を変えて言えば、『アーサー王の死』はゆっくりと作っていかなくてはならなかった芸術作品であり、新たな想像力の地平が続々と出現する状態に耐えられるものではなかったのである。

こうした推測をどう考えるにせよ、『アーサー王の死』は、読者にどう紹介すべきかについて編者に数々の問題を当然のごとく突きつけた。本書を手に取る読者の中には、ここに載せた詩のテキストだけで満足し、テキストのほかは、膨大な草稿で確認された詩の成立過程の簡単な説明さえあればいいと思う人もいるだろう。そうかと思えば、作者の名前に引かれてこの詩に興味を持ったものの、「アーサー王伝説」についてはほとんど何も知らない人も大勢いるだろうし、そういう人は、この

「バージョン」が、内容の元となった中世の伝説とどのような関係にあるのかを示す説明があった方がいいと思うだろうし、そうした説明が当然掲載されているはずだと考えるだろう。

すでに述べたように、父は『シグルズとグズルーンの伝説』の名で出版された「古ノルド語」風の詩の場合とは違い、どういう意図や考えで「ラーンスロットとグウィネヴィアの伝説」に独自の解釈を加えたのか、その説明を、ごく短い文章も含め、何も残してはいない。ただし本作の場合、編者の立場から「アーサー王」伝説について広範囲にわたる説明を書こうとして迷宮に入り込むべき理由は何ひとつない。むしろ、そうした説明は、ほぼ間違いなく、『アーサー王の死』を読むのに必要な予備試験でもあるかのように、来る者を拒む堅固な城壁となるだろう。

そこでわたしは、冒頭に「序論」や「概説」を置かず、その代わり詩のテキストの後に、任意に読み飛ばしてもらってまったく構わない内容の解説をいくつか掲載した。また、詩の後に付けた短い注は、おもに名前や単語の非常に簡潔な説明と、解説での参照個所の提示にとどめた。

解説は、もっと深く理解したい人のために書いたもので、それぞれが『アーサー王の死』のかなり独特な側面や、特に興味深い点を取り上げている。解説のひとつめである「本詩とアーサー王伝説の関係」はやや長いものの、趣旨は明瞭で、推測による解釈は避け、範囲を非常に狭く限定している。ここで解説するのは、伝承されてきた個々の物語から父の詩がどのようにして生まれ、どのような点で異なっているかだ。解説に際し、主としてわたしは英語で書かれた二作品を利用した。ひとつは『頭韻詩アーサー王の死 The Alliterative Morte Arthure』と呼ばれる中世の詩で、もうひとつはサー・トマス・マロリーによる関連物語群であり、さらにマロリーが利用した資料についても言及した。また、無味乾燥な要約にはしたくなかったので、こうした作品の一部を数多く原文のまま引用し、本書の現代版「頭韻詩アーサー王の死」とは形式も様式もまったく異なる過去の伝承の実例を示した【日本語版では原文の併記はせず、日本語訳のみを示す】。

この解説を書くにあたって、わたしは熟慮に熟慮を重ねた結果、父の詩で現存しているのは最終稿（本書で印刷されているもの）だけだと仮定し、そのため草稿の分析で判明した最終稿に至る奇妙な過程はまったく分からないという前提で執筆するのが、混乱がはるかに少なくなるので、最善だと判断した。さらに、不明な点の多いアーサー王伝説の起源や、伝説成立の黎明期に立ち入る必要はないと思うので、ここでは、父の『アーサー王の死』を理解するのに不可欠な知識として次の事実を指摘するにとどめたい。すなわち、アーサー王伝説のルーツは五世紀、より具体的には、ブリテン島でのローマ支配が四一〇年の軍団撤収とともに終了して以降の時代にさかのぼり、この時代に蛮族であるアングル人とサクソン人が東方の原住地から侵入者として押し寄せてくると、ブリトン人たちは、蛮族の容赦ない襲撃と侵略に抵抗して何度も戦いを繰り返した。伝説のルーツは、そうした戦いの記憶から生まれたのである。なお、本書では「ブリトン人」と「ブリトン語」を、現代のイギリス人とその言語ではなく、もっぱら古代のケルト系住民とその言語のみを指す用語として用いるので、留意してほしい。

「本詩とアーサー王伝説の関係」に続く論考「詩の未完部分と、その『シルマリルの物語』との関係」では、父が詩の続きをどう考えていたかを示す数々の文書を取り上げる。その次の「詩の成立過程」は、わたしが言及した構造の大きな変化を、テキストのきわめて複雑な変遷を踏まえ、できるだけ分かりやすく説明することに主眼を置いたもので、併せて父の作詩法の具体例も数多く紹介する。

注＊本書では、詩のテキストは巻番号（ローマ数字）＋行番号という形式で示す。例えば、Ⅱ7は「巻Ⅱの第7行」を意味する。

アーサー王の死

I

いかにしてアーサー王とガウェインは出陣し、馬に乗って東方へ向かったか。

アーサー王は　鎧姿で東を目指し、
蛮族の領地で　戦（いくさ）をしようと決心し、
海を渡って　サクソン人の国へ向かい、
ローマの領土を　破壊から守ろうとした。
こうして時の流れを　押し戻し、
異教徒どもを平らげようと　王をかき立てたのは、
襲撃船で来る彼奴（きゃつ）らに　南ブリテンの
輝ける浜辺と浅瀬を　略奪目当てに
二度と襲わせまいと　願ったからであった。
例えば秋が訪れて　大地がやせ衰え、

日没間近の太陽が　陰気な霧に隠れて
弱くなっていくと、　人は日に照らされた血が
まだ温かく流れているうちに　仕事を求め、
放浪しようとするように、　それと同じように王の魂は
長い栄光の末に　誇りと武勇を
最後に試そうと熱望し、　運命との戦いで
不屈の意志を　試練にさらしたいと思った。
かくして不吉に織られた運命により　王は駆り立てられ、
叛心を抱くモルドレッドは　戦を仕掛けるのが賢明で、
待つのは愚策だと言って　王の決意を強くした。
「奴らの神殿を引き倒して　奴らの砦を
攻め破り、　隠れ家を焼き払い、
軍勢の進撃や　ローマ支配とは
無縁だった島々を　煙が天に届くまで
復讐の炎で焼き尽くしましょう！　陛下の手で倒せぬ者などなく、
武運は常に陛下とともにあります――いざ出陣して征服しましょう！
そして神の嘉(よみ)するブリテン、　陛下の広大な王国は、
陛下のお帰りまで　わたしが無事に守りましょう。

我が忠心は陛下もご存知。　しかし、いかなる敵が
アーサー王のご存命中に　あえて戦を仕掛けたり、
この島国の岸壁に　攻めかかったりしましょうや。
東方の狼が　住みかの森で
ついに追いつめられて　生死を賭けた戦いをしているときに？」
そうモルドレッドは語ると、　人々は賞賛し、
ガウェインもこの大胆な申し出に　策略や裏切りが潜んでいるとは
思わなかった。　彼は戦を熱望しており、
何もしない安楽な日々に　円卓の騎士たちを
分裂させ離散させた　悪因があったと思っていた。

かくしてアーサー王は　鎧姿で東へ向かい、
蛮族の地で　戦を仕掛けた。
異教徒の王たちの　館や神殿を
王の軍勢は攻め立て、　ライン川の河口から
数多（あまた）の国々を　征服しながら進軍した。
ラーンスロットの不在を王は嘆いた。　ライオネルとエクトルも、
ボールスもブラモアも　戦には来なかった。

それでも力猛き諸侯たちが　王のそばに残っていた。
ベディヴィアとボールドウィン、　アイルランド王ブライアン、
山の塔から来た　マラックとメネドゥーク。
エラックと、　レゲッド国の王ウリエンの子たる
イウェイン。　怪力のケディヴォールと
王妃の縁者たる　性急なカドール。
とりわけ最も優れていたのがガウェインで、　その名声は
時代が暗くなるにつれて増し、　忠義に厚く恐れを知らず、
無双の騎士たることを　何度も示し、
没落していく世界の　守りであり砦であった。
包囲された町から　最後に出撃するときのように
ガウェインは軍勢を率いた。　明朗なラッパのように
彼の声はアーサー軍の　前衛で響き、
燃えるたいまつのように　彼の剣は
最前線で振るわれ、　稲妻のように光を放った。
目の前の敵に向かって、　通った後に戦火を残しながら、
ひたすら東へ東へと　馬に乗って猛烈に進軍し、

50

55

60

民衆は神の顔から逃げるかのように　軍勢から逃げ、
地上に人はいなくなり、　延々と続く山々には
軍勢を見る目もなければ　その音を聞く耳もなく　65
ただ鳥と獣だけが　荒涼とした大地に
恐ろしげな姿を現していた。　かくしてついに軍勢は
山の陰なる　暗黒森（マークウッド）の端に来た。
破壊の跡を残してきた　彼らの前に岩壁が立ちふさがった。
荒涼としていて、　ひたすら高くなる、　70
人跡未踏の広大な山々に、　模糊とした森が広がっていた。
幾筋もの深い谷は　黒々と暗く、
どこまでも続く道に生えた　陰鬱な木々は
巨大な枝を　川の上に張り出し、
その川は氷の山から発して　遠くへ流れていく。　75
崩れかけた岩のあいだで　大鴉（おおがらす）どもが鳴き、
鷲たちが空で輪を描きながら　それに応える。
狼たちは森の端で　遠吠えしていた。
冷たい風が吹いた。　身を切るような凍てつく風が、
怒りを募らせながら　揺れる森から　80

ざわめく葉のあいだを吹き抜けた。　陰鬱な雨が降り始め、
太陽は急な嵐に　飲み込まれた。

無辺の東方は　怒って目覚め、
威嚇する山々の　地下牢で生まれた
怒りの雷鳴が　軍勢の頭上に移ってきた。　85
ためらって足を止めた軍勢が　空高くに見たのは、
荒れ狂う青白き騎者たちが、　風に流れる
巨大な灰色雲の中、　闇色の兜をかぶり、
激しく馬を駆り立てて戦へ向かう、　恐ろしい姿だった。
風が激しくなった。　アーサー軍の美しい旗は　90
旗竿からちぎれた。　もはや鋼も
黄金も白銀も　輝く盾も
光を反射せず　暗闇に失われ、
幽霊のような敵は　恐ろしい声を上げながら
闇の中に集結した。　ガウェインがラッパのような　95
大音声で叫んだ。　その声は朗々と
岩のあいだを鳴り響き、　うなる風にも

とどろく雷鳴にもかき消されなかった。　「馬に乗って、戦へ向かえ、
破壊をもたらす軍勢よ、　憎しみを声に出して進め！
我らは敵を恐れはしないし、　悪魔が巣食う　100
暗い山々の　不吉な影も恐れはしない！
さあ聞け、山々よ、　灰色の森よ、
巨大だが望みのない　古き神々の
恐ろしい玉座よ、　聞いて震えよ！
西からやってきたのは　風など恐れぬ戦いと、　105
霧などに足止めされぬ　力と決意。
諸軍団の長にして、　闇を照らす光、
それが東へやってきたアーサー王だ！」　こだまが目覚めた。
風がやんだ。　岩壁が
「アーサー王」と答えた。

そこへ夕暮れが訪れ　110
霧のかかった月が　広い天空の
風で吹き散らされた跡を　ゆっくりと進み、
嵐の残風が　星々のあいだをさまよっていた。
炎が、　はかない金色の舌のように

灰色の丘のふもとで揺らめいていた。　広大な夕闇の中、　115
亡霊のように青白く光り、　不死ならぬ人間から隠された
丘のくぼ地の　秋の草原で
エルフの毛髪のように　地面に立っていたのは、
アーサー王の天幕であった。
　　　　　　　　　　　時が流れた。
暗々とした朝が訪れ、　薄暗い明かりが　120
陰気な山々を　日の出ないまま、　かすかに照らした。
湿った空気の中　風はやんだ。
完全な静寂が下りた。　あちこちの深い谷から
霧が広がり　浮かび上がってきた。
薄暗い霧、　じっとりとしていて形のない霧が　125
天の下の山々を濡らし、　あちこちのくぼ地は
底なしの海に　沈んだ。
木々が　腕をねじらせて、
波の立たぬ海中の　海草のような姿で
霧の中からぬっと姿を現し、　歩き疲れた人間を脅かした。　130
山のふもとの　暗黒森の端で

野営をする軍勢は　肝を冷やした。
森は霧に覆われていたが、　彼らは手探りで森を探った。
陣営のかがり火が弱くなった。　恐怖が彼らの心を捕らえたが、
軍勢は影の世界で　得体の知れぬ災いに
備えて身構え、　誰も一言も発しなかった。　135

夕闇が下りる前　はるか遠くからかすかに
山々に震えて響く　角笛の音が聞こえてきた。
その孤独で悲しげな音色は、　まるで夜を抜け出し
海で迷った声のようだった。　音は次第に近くなった。　140
やがて蹄の音や　馬のいななく声、
見張りの呼ぶ声が聞こえてきた。　災いが訪れたのだ。
西から飛ぶように速く来た　緊急の知らせは、
戦が起こってブリテンの岸壁が　攻め立てられていると伝えた。
見よ！　クラドックが　王を探してやってきた。　145
危険な道を　軍勢を追って
ライン川の河口から　数多の国々を越えて
必死に馬でやってきた。　灰色の陰も

霧も　心強き彼の足を止めることはなかった。
疲労困憊で空腹ながら　馬を下りて横に立つと、　150
アーサー王に　悪い知らせを伝えた。
「陛下が国を留守にするのが　長すぎました！
陛下が蛮族相手に　荒涼とした東方で
戦をしている隙に、　族長一〇〇人が
秘密の島々の港で　素早くて獰猛な　155
海馬に　馬具を着けています。
龍をかたどった船で　黒々とした波を越えてきます。
無防備な浜辺で　盾が輝き、
黒い旗が　ラッパの鳴り響く中で掲げられています。
ブリテンで戦の風が　激しく吹いているのです！　160
ヨークは包囲されており、　リンカンは開城しました。
ケント地方は火がつけられ、　沿岸は赤々と燃えています。
ここへわたしが苦労して　馬で駆けているのを追われたり、
海で追いかけられたりしながらも　陛下の元へ急いで来たのは
裏切りをお知らせするためです。　モルドレッドを信用してはなりません！　165
あやつは信頼を裏切り、　陛下の敵をかくまい、

ロクランの諸侯たちと　同盟を組み、
アルメインとアンゲルから　味方を雇い入れ、
王国を我が物にしようと、　王冠に不浄の手を
伸ばしているのです。　さあ、急ぎ西へお戻りください！」　170

するとしばらくのあいだアーサー王は　怒りで顔面蒼白になり、
黙ってその場に座っていた。　かくも突然に運命が
変わって彼を裏切った。　二〇の戦いで
王は戦って勝利していた。　王の敵は散り散りに逃げ、
王の手により　異教の族長たちは屈服していた。　175
それが今や希望の絶頂から　真っ逆さまに転げ落ち、
王の心は、　一族の命運が尽き、
旧来の世界は　滅亡へ向かい、
時の流れは不利に　変わるとの予感を抱いた。

そこで王はすぐさま家来に命じて　直諫の士たる　180
ガウェインを呼んだ。　王はつらい言葉を語り、
凶報を　すべて知らせた。

「今となってはラーンスロットが　ぜひとも必要だし、
今の我が軍に　バン一族の強い剣がないのが
何よりも悔やまれる。　思うに最善の策は
すぐさま伝令を送って　かつての主君に
仕えるよう求めることであろう。　この徒党を組んでの裏切りに
我らは実力で対抗し、　堂々と帰国して
無双の力で　モルドレッドを屈服させねばならぬ」

ガウェインは　落ち着いた声でゆっくりと答えた。
「思うに最善の策は　バン一族を
ベンウィックにとどめ、　この卑劣な裏切りに
これ以上加担させないことですが――わたしはもっと悪い事態を恐れています。
おじ上の友の姿が　おじ上が戦う敵の中にいるという事態を。
もしもラーンスロットが　忠義の心を持っているなら
彼に改悛の情を示させ、　誇りを捨てて
王に必要とされているときに　呼ばれずとも来るようにさせればよいのです！
ですがわたしは同じ危険を冒すなら　数は少なくとも
忠誠心あふれる者たちと一緒の方が、　当てにならない家臣らの

185

190

195

信用できない剣や　汚点のある盾で　200
軍勢を膨らませるより望ましい。　さらなる手勢など、
どうして必要ありましょう？
おじ上は多くの軍団を、　妖精の国であれ人の国であれ、
地上の国々で招集し、　この森の端から
アヴァロン島まで、　無数の軍勢を集めていますが、　205
いつであれ、どこであれ、　今以上に有能な騎士や、
令名高く　気高い騎士団や、
夜の世界や昼の世界の　力の強い男たちが
再び集まることは　死者が復活する日までないでしょう。
ここにいるのは自由で色あせない　現代の華。　210
これを人々は　見通せぬほどの長い年月、
灰色の冬に現れた　黄金の夏として記憶するでしょう。
それにおじ上には、このガウェインがいます。　神がいつまでも我らを
希望を抱く味方とし、　心をひとつにしてくださいますように。
何となれば親族の血が　我らの体内を流れているのですから。　215
アーサーとガウェイン！　かつて我らがともに立ち向かった
もっと巨大な悪は　逃げ去ったではありませんか。

さあ、急げば望みはあります！　憎しみがまだ行動に移らず、
不確かな計画を　ひそかに考えているあいだに、
暴風のように激しく怒って　馬で西へと向かい、
突然生まれた復讐心を抱いて　海を渡りましょう！」

＊

220

Ⅱ

いかにしてフリジア人の船が知らせをもたらし、モルドレッドが大軍を集めると
王妃を求めてキャメロットに向かったか。

暗い風が　深い海の上を通って吹きつけ、
南からの波が　浜辺を洗い、
うなる海が、　頂上白く、雷鳴とどろく
巨大な山々を　絶え間なく揺らしていた。
世界は闇に包まれていた。　青白い月が
北へと流れる嵐雲のあいだに　浮かんでいた。

フランスから一艘の船が　飛ぶようにやってきた。
黒く、舳先に龍をあしらい、　恐ろしい彫刻が施され、

5

黒色の布で覆われた船が、　まるで飢えた猟犬に追われる
野生動物のように、　波に追い立てられながら
海を跳ねるようにやってきた。　風の角笛が
船のモートを吹き鳴らしていた。　人々が口々に
神々に向かって　必死の叫び声を上げるなか、
船は難破して　木材はバラバラになり、
海に飲み込まれた。　顔から血の気を失った人々が
死に負けまいと　にらみつける目の中で
月が輝いていた。　死が彼らを打ち負かした。

モルドレッドは目覚めようとしていた。　彼の心は
人知れずひそかに　邪悪な計画を漫然と考えていた。
彼は西の塔にいて　窓から外に目をやった。
憂鬱で疑念に満ちた　一日が明けようとしており、
灰色の光が　雲という門扉の向こうにわずかに見えた。
石造りの城壁あたりを　風が流れ、
眼下で海がため息をつき、　波となって打ち寄せては砕けていた。
これに彼は耳も注意も傾けてはいなかった。　彼の心は、

10 15 20 25

彼を長らく虜にして　肉欲に悩ませていた、
手足が輝く　黄金のグウィネヴィアに再び向かっていた。
妖精に劣らず美しいが　残忍な心の持ち主で、
この世に現れて　涙を流すことなく
男どもを破滅させる女性だった。　彼はたとえ塔を征服しても、
たとえ玉座を奪ったとしても、　その思いを満たすことはできないだろう。

幸せあふれる寝室の　銀のベッドで
王妃は心地よく眠っていた。　シルクの枕に頭を載せ、
長い髪は解き、　寝息を軽く立てながら、
楽しい夢の中で　心配などなく歩き回り、
憐れみや悔恨の　苦しみを感じないまま、
キャメロットの宮廷に　並ぶ者なき王妃が、
無防備な王妃が眠っていた。　冷たい風が吹いた。
彼のベッドは不毛だった。　そのベッドで、満たされぬ欲望と
猛烈な怒りという　黒い幻影が
彼の頭の中で育ち続け、　ついに寒い朝を迎えた。

*

彼は傾斜が急な　回り階段を上り、
石でしっかりと作られた　胸壁のある屋上へ向かった。
雨が降るなかで　冷たい朝を迎えた世界を、
細身で無情な彼は　見下ろして笑った。
雄鶏が鳴いている。　城門で騒ぎが起こった。
召し使いたちが彼を探して　足音を立てぬよう
館や寝室を走り回って　急いで見つけようとしていた。
熱心な従者アイヴァーが　本丸の階段わきの
扉に立って　呼びかけた。
「ご主君！　降りてきてください！　なぜひとりで歩いておられるのです？
知らせが届いております！　時はわたしたちに
ほんのわずかな小休止しか与えてくれません。　船が座礁したのです！」

それでモルドレッドは下りてきたが、　人々は彼の
雨でずぶ濡れになった　黒い容貌におののいた。
その髪は風で乱れ、　その言葉には苛立ちがあった。
「嵐で船が　岸に乗り上げたことぐらいで
この王城を　暴徒どもで荒そうというのか？」

45

50

55

アイヴァーが答えた。　「ご主君からの至急の任務に従って
フリジア人の船長が　フランスから　60
風の翼に乗って、　約束を守り、
死に抗って参りました。　しかし死が勝利しました。
彼の船は　座礁して壊れ、
彼は死の一歩手前で　何とか生き延びました。
ほかは全員死亡しました」。　その日の早朝、　65
その赤毛の海賊は　黄金の指環をもらった恩を
地獄へ落ちる前に　主人に返した。
彼は懺悔も欲しなければ、　頭を剃った司祭も求めず、
最後に主君に向かって　こう語った。
「忌むべき男クラドックが　ご主君の張った網をすり抜け、　70
王の元へ飛んでいき、　機がまだ熟していないのに
東の方アルメインへ　いち早く知らせを
ブリテンから届けました。　ご主君の計画は露見しました。
アーサーの耳には　ご主君の行ないや意図について
あらゆる噂が入っています。　彼は激しく怒っています。　75
急ぎ帰国の途に就き、　大軍を集めて、

ローマ領から　嵐のように進んできます。
九〇〇〇人の騎士たちが　海の近くに集結中で、
北の海には　船団がそろい、
ホワイトサンドはボートと　小舟と荷船のほかに
船大工のハンマーや、　大声で話す船員たち、
ガチャガチャと鳴る鎧や、　急ぎ動き回る騎者たちで
騒々しく、人馬であふれかえっています。　ご覧ください！
船の側面には　輝く盾が吊るされ、
戦の前触れを示す　血のような赤で飾られています。
彼らは波を待ち、　風の怒りをやり過ごしています。
革紐につながれた細身の猟犬たちが　太いロープで
ヴァイキング船を引っ張っています。　さあ、東へお急ぎください！」

赤毛のラッドボッド、　恐れを知らぬ海賊にして、
信仰心深き者を憎む　異教徒であるラッドボッドは、
定めのとおりに死んだ。　その日の朝は暗かった。
人々は彼の死体を海に投げ捨て、　その魂を気にかけなかったため、
彼は今も寄る辺のないまま　海の中をさまよい歩いている。

80 85 90

＊

激しく風が　西の国を吹き抜けた。
旗が風になびき、　黒い大鴉を　95
紋章として掲げていた。　ラッパの鳴る音、
馬のいななき、　鎧のきしむ音、
そうした音が山々の　灰色のくぼ地に響いた。
モルドレッドは堂々と歩き、　急ぎ使者たちを
北へ東へと　知らせを持たせて　100
ログレス中に散らばらせた。　諸侯や族長を
彼は味方に呼び集め、　すぐさま急いで
集結の約束を守らせた。　モルドレッドに忠誠を誓う者、
偽りに忠実な者、　アーサー王の敵、
裏切りを愛する者、　富に引かれて　105
たやすく買収された者、　略奪のため
エリンとアルバンや、　東サッソイン、
アルメインとアンゲルや、　霧の島々から来た者たちが集まった。
海岸と冷たい沼地から　鴉（からす）が何羽もやってきた。

＊

彼はキャメロットに来て　王妃を探した。
王妃は彼が　階段を大股で
急ぎ昇ってくる　激しい足音を耳にした。
王妃の部屋に彼は来た。　扉のそばに立つと、
燃えるような目で　邪悪そうに見つめた。
王妃は何も言わず　なんの素振りも見せず、
大きな窓辺に座っていた。　青白い日の光が
彼女のくすんだ黄金色の　つややかな髪にあたって輝いていた。
彼女の目は　きらめく海のような灰色で、
ガラスのように澄んでいて冷たく、　その目で彼の凝視を
堂々とひるむことなく見返した。　しかし王妃の頬は
不安のせいで青白かった。　それはまるで、猟犬たちを手なずけて
足元に従わせ　手元で遊ばせているが、
その中に狼が一頭　気づかぬうちに混じっているかのようだった。
さて、モルドレッドは　口に笑みを浮かべて言った。
「ごきげんよう、ブリテンの貴婦人よ！　長らく夫が不在で
愛のない日々を　ひとり過ごしておりますな。

110 115 120 125

王のいない王妃として　騎士たちのざわめきの
響かぬ宮廷でお暮らしだ。　しかし今後は
絶対に　不毛な時間を過ごしたり
愛のない人生を送ることはないでしょう。　あるいは王妃らしく扱われず、　130
栄光を陰らせながら　毎日を嘆くこともないでしょう。
運命は変わるのです——正しい選択さえすれば。
王があなたに求婚し、　王冠をあなたと分かち合い、
愛情を与え、　誠実に仕えようと言っているのですから」

落ち着き払ってグウィネヴィアは　言い返した。　135
「あなたは自分を王と呼び、　王冠の話をしていますが——
その王冠はあなたの君主から　代理としてあなたに貸し与えられたもの。
その王は長く不在ですが、　まだご存命で、　国を治めておいでです。
あなたの愛と誠実さには　感謝しますが、
それはアーサー王の王妃の　親愛なる甥から　140
当然のごとく示されるものと
わたしには思われます」。　そう言って目をそらすと
彼は王妃を隣に座らせ、　力任せにつかんだ。

彼は恐ろしい言葉を口にし――グウィネヴィアはおののいた。
「いいか、もう絶対に　北の戦から帰ってきた
アーサーを　この島国には入れさせないし、　145
愛を忘れぬ　湖の騎士ラーンスロットも
あなたとの密会場所に二度と来させぬ！　時代は変わろうとしている。
西方は衰え始め、　一陣の風が
勢いを増す東方で起こっている。　世界は揺らいでいるのだ。
新たな潮流が　狭い水路を流れている。　150
不実であれ誠実であれ、　恐れを知らぬ者だけが
この激流に乗って　廃墟から
権力と栄光をつかみ取る。　それがわたしの目標だ。
あなたはわたしの隣で寝るのだ。　奴隷としてか貴婦人としてか、
望むと望まざるとに関わらず、　妻か囚人としてわたしと寝るのだ。　155
塔が崩れて　玉座が転覆する前に、
この宝をわたしは奪い、　まずは欲望を満たしてから
その後に王となり、　黄金の王冠をかぶろう」
すると王妃は　恐怖と警戒心に挟まれながら

冷静な心で思案を巡らし、　驚いたふりをすると、　160
沈黙の後に穏やかな声で　本心を隠してこう言った。
「殿さま、思いがけず　愛の言葉をいただき、
続けてかくも熱心に　求婚してくださいました。
ですが、別に考えが生まれ、　そのため悩まなくてはなりません。
わたしの返事を求めるのを　しばらく待って、　165
わたしに少し時間をください！　万一アーサーが帰ってきたら、
わたしの立場は危うくなります。　もしもあなたがわたしに
あなたが破滅を乗り越え、　乱世を制して王権を手に入れるという
確証をお示しくだされば、　それほど悩まずに
婚約いたしましょう！」　彼は苦々しげに笑った。　170
「どんな証拠を　囚人の身で権力者に求めるというのか？
捕らわれた者が捕らえた者に？　わたしが王であろうと
太守であろうと関係ない、
花嫁となるか奴隷となるか、　すぐに選べ！
今晩中に　あなたの決心を知らねばならぬ。　175
それ以上の猶予は与えない」。　そう言うと出ていった。
石を敷いた道を　大股で急ぐ

彼の激しい足音が　響いた。

夜がゆっくりとやってきた。　裸の月が
その身を隠していた雲を　嵐で引きはがされて、
突然姿を現し、　星々の湖を　180
穏やかに泳ぎ進んだ。　馬に乗った一行が
早駆けで道を急いでいた。　蹄が地を激しく叩き、
槍は穂先が鋼鉄で　先端は銀になっていた。
何里も後ろの　低い谷では
キャメロットの明かりが　薄れて見えなくなっていった。　185
目の前には森と　遠い辺境と
闇に包まれた暗い道が広がっていた。　彼らは恐怖に追われていた。
狼が目覚めて　森を歩き回り、
雌鹿は無情にも　隠れ家を追われて
敵から逃げ、　恐怖で道に迷い、　190
おびえ、　駆り立てられていた。　かつては群れの女王であり、
彼女をめぐって立派な雄鹿たちが　角突き合わせ
激しく戦ったものだった。　それと同じように今や

麗しきグウィネヴィアは　灰色のマントに身を包み、
闇にまぎれて　宮廷からひそかに逃げ出していた。　195
わずかばかりの忠義の者たちが　王妃の逃亡を手助けした。
この者たちはその昔、　彼女に従い
レオデグランスから　ログレスへ
花嫁を　勇敢で輝かしい新郎の元へ送り届けて
力猛きアーサーを　若いころ大いに喜ばせた者たちだった。　200
それが今では寂れた塔へ、　住む者のいない土地へ、
はるか昔に　レオデグランスが
円卓で　王の饗宴を開いた場所である
生まれた地へと彼女は急いだ。　冷たい避難所へ、
安心できぬ隠れ家へと急いだ。　王妃は心中ぼんやりと　205
ラーンスロットのことを考えた。　あの人は遠い土地で
わたしが苦しみ、　狼に追われながら
逃げ回っているのを知っているのかしら？
もしも王さまが戦いに敗れ、　鴉たちが祝宴を挙げたら、
彼はわたしのお召しに答えて　王妃であり貴婦人であるわたしを
助けに駆けつけてくれるのかしら？　それならたぶん破滅から　210

喜びを手に入れられることでしょう。　モルドレッドだけでなく、
麗しきグウィネヴィアも、　運を味方に付けて
時の流れを　自分に有利になるよう仕向けなくてはならなかった。

＊

Ⅲ

ベンウィックにとどまったラーンスロットについて。

南では眠りから　素早い怒りへと
嵐が激しくなり、　北へ向かって
海を何里も越えて　雷鳴と
豪雨をとどろかせながら　勢いよく進んでいた。
うねる海に　山々や丘は
その白い頂上を　激しく揺らした。
ベンウィックの浜辺では　打ち寄せる大波が
ギシギシとうなる巨大な岩を　鬼のような猛威で
砕いた。　泡やしぶきが
打ちつけられて霧となり、　辺りは潮気が充満した。

5 10

この地でラーンスロットは　何里にも広がる
うねりの高まる海を　高い窓から
見ながら考え、　ひとり思いにふけっていた。
闇がゆっくりと下りた。　彼の苦悩は深かった。
彼は愛に溺れて　主君を裏切り、
愛を捨てても　主君の信頼を再び得ることはできず、
信義を破った男は　信義の誓いを拒絶され、
愛からは　何里もの海で隔てられていた。

*

ベンウィックの領主　ラーンスロット卿は
かつてはアーサー王に仕える　最も気高い騎士であり、
王たちの息子の中で　王らしく振る舞い、
最も大胆不敵と見なされ、　武器を取っては
誰よりも優れた、　熱い心の持ち主だった。
美貌が華のように　咲く者たちの中でも
その目鼻立ちは最も美しく、　長ずるに及んでは
強壮にして高潔で、　鋼のように鍛え上げられた心を持っていた。

15

20

25

顔は白く、　髪は鴉のような
見事な漆黒であった。　その瞳は黒かった。
一方、ガウェインは黄金色で、　日光のような金色だったが、
その灰色の目は　鋭く輝いており、　30
心はもっと厳格だった。　自分とほとんど同じ
力量の者に　嫉妬は覚えず、
相手が同等でも優秀でも　公平に褒め称えたが、
敬愛の心を捧げる相手は　自分の主君のみだった。
男性であれ女性であれ　彼の心には　35
アーサー王以上に大事な人はいなかった。　彼は王妃を疑って
日々見張っており、　やがて冷たい影が
王妃の大きな栄誉に　暗く落ちた。

ラーンスロットに　王妃は愛を捧げ、
彼が大きな栄誉を上げることに　喜びを見いだした。　40
彼は自分の貴婦人にのみ　愛を捧げた。
男性であれ女性であれ　彼の心には
グウィネヴィア以上に大事な人はいなかった。　栄誉だけが、

騎士としての名誉だけが、　彼の貴婦人と並んで
彼の心を占めていた。　彼の志は高く、
主君であるアーサー王に　長らく忠実に仕え、
王に従う　円卓の騎士の
筆頭にして無双の男であり、　貴婦人である王妃に
誇りをもって仕えていた。　しかし冷たい白銀や
輝く黄金は、　欲心から
その手に隠し持っている方が　より美しいと王妃は思い、
ひそかに秘蔵して　ひとりで愛でる方が
もっとすばらしいと考えた。　王妃は彼を
揺るぎない愛で深く愛した。　彼女は無慈悲な貴婦人であり、
妖精に劣らず美しいが　残忍な心の持ち主で、
この世に現れて　男どもを破滅させる女性だった。
運命が王妃を動かした。　彼女は彼を、
自分の手元にある金や銀より　美しいと思った。
朝日のような　白銀と黄金の
王妃の微笑みは輝き、　突然流す涙は
やさしい毒となって、　鋼のように鍛え上げられた心を

とろかした。　強い誓いを彼らは破った。
モルドレッドはひそかに　憎しみと嫉妬、
希望と苦悩の混じりあった　暗い気持ちでふたりを注視した。
こうして悪が生まれ、　黒い影が　　65
アーサー王の宮廷を覆った。　それはまるで雲が大きくなって
日差しをさえぎり、　次第に暗くしていくようであった。
運悪く　硬い手の
アグラヴェインが　剣で殺された——
彼はドアのそばで倒れた——ガウェインの愛する弟が。　　70
素早く剣が　契りを結んだ兄弟たちによって引き抜かれ、
円卓の騎士たちは　王妃をめぐる争いで
バラバラになった。　刃が冷たい音を立てた。
王妃は捕らえられた。　無慈悲な裁きにより、
妖精に劣らず美しい王妃を　彼らは火あぶりに処すと決め、　　75
死刑を宣告した。　しかし死刑は延期された。
その場にラーンスロットが　稲妻のような素早さで
馬の足音をとどろかせながら　炎のように激昂して

急襲すると　手当たり次第に剣を振るって
嵐が木々を　根こそぎにするように　　80
かつての友らを　切り殺し、踏みつぶした。
ガウェインの弟である　ガヘリスとガレスは
運命が望んだように　火のそばで倒れた。
彼は火中から王妃を救い出すと　遠くへ連れ去った。
人々は恐怖に襲われ、　誰も後を追おうとはしなかった。　　85
何となればバンの一族が　陣容を整えて彼を取り囲んでいたからだった。

やがて激情が去り、　怒りが収まってくると、
彼の気持ちは揺らいだ。　円卓の騎士を
分裂させたことを後悔して嘆いたが、　すでに遅すぎた。
彼は誇らしく思ったことを悔い、　友人たちを殺して　　90
信義を破ってしまった　おのれの武勇を呪った。
主君たるアーサー王の　愛を求めて
彼はこれから名誉を　心の痛みで清めようと思い、
彼女を返して、　王の御慈悲により、
王妃の身分を回復してもらおうと考えた。　彼女は彼が　　95

急にふさぎ込んで人が変わり、　まるで別人のようだと思った。
戦があっても彼女はひるまず、　意志が勝利したのだろうか、
人生と愛の両方を　嬉々として保ち続け、
この世が続く限り　思うがままに振る舞おうとした。　100
しかも孤独な亡命生活を　ほとんど好きになれず、
愛情と引き換えに　華麗な生活を手放す気もなかった。
悲しみの中、ふたりは別れた。　厳しい言葉で
彼女は彼の傷を調べ、　彼の意志を探った。
悲痛が彼女の本心と　満たされぬ欲望を露わにした。　105
輝く太陽が　暗黒の嵐に
突然さえぎられた。　彼は、彼女は人が変わって
まるで別人のようだと思った。　海辺で彼は
石像のように　寂しく絶望した心持ちで立っていた。
苦しみの中、ふたりは別れた。　彼女は王の御慈悲と　110
家臣らの助言によって　赦免された。
そうすることで、さらに悪い事態、　すなわちキリスト教徒の
王たちのあいだで
信仰に反する戦いが　鴉どもの祝宴のあいだに

起こらないようにしたのである。
キャメロットの宮廷で　彼女は再び
高貴で栄光ある王妃になった。　アーサー王との和解を
彼は求めて得られなかった。　家臣たちは彼の剣を拒絶した。
もはやその膝の上で　忠誠を誓った騎士として
剣の柄を握ることも、　そこに頭を横たえることも、
ラーンスロットには許されなかった。　愛を手放し、
許しを求め、　誇りを捨てたラーンスロットには。
愛を捨て、　この国から追放された彼は、
王に仕える　円卓の騎士たちと別れ、
かつて座っていた　栄誉ある席から
悲しみを抱いて去った。　去った後には
灰色の海が広がっていた。

アーサー王は
心ひそかに悲しみを覚え、　自分の館は
いざというとき頼りになる　最も気高い騎士を失い、
笑いが減って、　喜びが損なわれたように思われた。
うなる大海を越えて　故国へ戻ったのは

115

120

125

ラーンスロットだけではなかった。　彼と同族の諸侯たちは
数が多く、力も強かった。　マストにたなびく
数々の旗は、ブラモア、　力強きボールス、
ライオネル、ラヴェイン、　そしてバンの下の息子で
忠実なるエクトルのものだった。　彼らはブリテンを捨て、
ベンウィックへと渡った。　戦いでは二度と
アーサーを味方して　武器を持つことはしないが、
バンの高くて頑強な　塔に住まって
見張りを続け、　戦を拒み、
敬愛をもって　主君ラーンスロットを、
暗黒の日々を過ごす主君を守護していた。　彼の苦悩は深かった。
彼は愛に溺れて　主君を裏切り、
愛を捨てても　主君の信頼を再び得ることはできず、
愛からは　何里もの海で隔てられていた。

西の港から　噂が聞こえてきた。
アーサー王が　自分の国に対して兵を向け、
報復せんとして　強大な船団を

130

135

140

145

すぐさま集めたが、　やってきた嵐が
突然に激しくなって　その場に足止めされているという噂を。
ログレスの君主と、　彼の玉座を脅かす
徒党を組んでの裏切りについて　彼はひそかに考えた。
今こそ彼らは分かっているだろう、　聖なる王冠を高く掲げ、　150
西方を　波の及ぶ場所まで支配し、
世界の破滅に対して　城壁を守るには、
忠義の騎士たちが　必要だということを。
今こそ彼らは最も惜しんでいるだろう、　バン一族の
強力な剣と　光り輝く旗がないことを。　155
今こそラーンスロットが　主君の陣容を
明るい炎のような　輝きで満たすべきだと、彼は思った。

そして彼は半ば期待し、　半ば望まぬ気持ちで、
招集を求める　至急の命令が来るのを待った。
王への忠誠を　忠実に思い出させる、　160
ラーンロットを　主君アーサー王の元へ呼び戻す命令を。
さらにグウィネヴィアについても再び　悲しみに暮れながら彼は考えた。

ブリテンで災いが生じ、　戦が起ころうとしている。
もしも彼女の貞淑さがよみがえり、　堅固でしっかりしたものとなっていたら、
彼女は危険な状況にあるはずだ。　彼は彼女を深く愛していた。　165
たとえ彼女が激怒して彼を捨て、　同情を一切見せず、
憐れみを一切感じず、　高慢で、蔑むように振る舞ったとしても、
それでも彼は彼女を深く愛していた。　危険が迫ったとき、
もしも彼女が彼を呼べば、　彼はすぐさま喜んで、
海や嵐をものともせずに　ラッパを高らかに鳴らしながら　170
海を渡り、　剣を抜いて
自分が立ち去った国で　最後の戦いを
彼の貴婦人に呼ばれて戦うだろう。　たとえ主君から遠ざけられていようとも。

しかし王からの招集も　貴婦人からの便りも
来なかった。　ただ風だけが　175
広い海を　無慈悲に激しく吹き渡っていた。
今やガウェインの栄光は、　黄金色に輝いており、
それはまるで西に傾く太陽が　世界を明るく照らしつつ、
大海の端に　赤くなって沈むまで輝いているかのようであり、

東方が暗くなるあいだ　アーサー王の前できらめいていた。　180
グウィネヴィアは　世界が動揺するあいだ、
灰色の陰に隠れて　見守りながら待っていた。
喜びが弱くなるにつれ　暗い気持ちが強くなり、
危険がどれほど深刻か　ひそかに熟慮を重ねると、
希望は粉々となり、　心の中で　185
男たちの運命を　自分の抱く目的に合わせて操ろうと考えた。
一方ラーンスロットは　何里にもわたる海を
見ながら考え、　不安な気持ちで
ひとり思いにふけっていた。　すでに闇は下りていた。
彼は角笛を鳴らすことも、　大軍も集めることもしなかった。　190
彼は躊躇して、行かなかった。　風がうなり声を上げ、
塔は嵐に揺すられ　激しく震えた。

夜明けがうっすらとやってきた。　薄暗い浜辺では
泡がかすかにぼんやりと　淡い光を放っていて、
潮の流れが変わろうとしており、　嵐は収まる気配だった。　195
長い影から　光が上に向かって伸び、

水面を進みながら　波を照らしていて、
それはまるで緑色と銀色に輝く　ガラスのようだった。
窓敷居のそばでは気が沈んだまま　憂鬱な眠りに落ちた
ランスロットが、　ひとり夢を見ており、
その首を　高窓のそばで垂らしていた。
彼は朝早くに　目を開いた。
広い天では　今なお風が
空高く吹いていたが、　下界には
平穏が下りていた。　水たまりが
斜めにさす日光を反射して　銀色に輝き、
世界は雨に洗われて　きらきらと光り、
鳥は朝になって仲間の鳥に　楽しそうに歌を歌った。

彼の心は、　あたかも重い荷が
軽々と持ち上げられたかのように目覚めた。　ひとり立ち上がり、
朝の光を　顔に受けて輝かせながら、
彼は心の中で　忘れ去られていた歌が、
竪琴の音楽のように　押し寄せてくるのを感じた。

200

205

210

その場でラーンスロットは、　静かな優しい声で
誰に聞かせるともなく歌いながら　太陽を迎えた。　215
暗黒から生まれ、　天のドームに上がって
輝き、　死によって賛美される太陽を。
これからも時代は変わり、　時勢は移り続けるだろうが、
この世が続く限り、　朝の山々の向こうから
希望が元気よくやってきて　疲れた者を眠りから覚ますであろう。　220

彼には時というものが分かっていなかった。　ひとたび過ぎてしまえば、
また戻ってきて　嵐をもたらしたり、
風のラッパで　戦への出陣を求めたりは決してしないものだということを。
すでに運命の流れは　逆向きになり、
奔流となって　素早く通り過ぎていた。　225
死が彼に迫っており、　この世が続く限り彼が
目覚めている者たちのあいだに　二度と戻って来ぬ日を
時の流れのかなたに　定めていた。

*

Ⅳ

いかにしてアーサー王は朝に帰還し、ガウェイン卿の手によって海の道を勝ち取ったか。

狼たちが　森の端で遠吠えしていた。
風を受けて木々は　むせび震え、
さまよう木の葉は　枝から激しく吹きちぎられて
深いくぼ地に　吹き流されて枯れていった。
暗い道が　じめじめとした谷を走っていた。
霧に覆われた　山々を抜ける道は、
西方で威圧するように立つ　表面が褐色で、むき出しの
ウェールズの岩壁まで続いていた。　黒々とした山々へと
騎者たちは　人家のない岩場に
足跡一つ残さずに急いでいた。　川の水が

5 10

崖から真っ逆さまに落ちて　闇の中で泡立つ音を
彼らは耳にしながら　隠された王国へと進んだ。
後ろで夜の帳(とばり)が下りた。　蹄の音は
影の国の　静寂の中に消えた。

夜明けがうっすらとやってきた。　古い山々の
東を向いた　暗い顔に
光が当たった。　陸地がかすかに明るくなった。
太陽が輝きながら顔を出した。　水に浸かっていた
銀色の朝は　まばゆい光とともに
青く高く　雲ひとつない天に昇った。
日光が斜めに射して　木々の枝を抜け、
灰色の森の中で　きらきらと、ちらちらと、光った。
雨粒が　かさかさと音を立てる葉の上を滑り、
ガラスの粒のように　輝きながら落ちた。
獣は一匹も動いておらず、　鳥たちが耳を傾けていた。
狼のように用心しながら　森をひそかに抜けて、
モルドレッドの狩人たちが　馬で国境を目指しており、

15　20　25

その傍らで　飢えた巨大な猟犬たちは
臭跡(においあと)を追って　激しく吠え立てていた。
彼らは王妃を　冷たい憎しみを抱いて追っていたが、
人家のない岩場の中で　彼らの希望は潰え、
ウェールズの岩壁で　山々の脅威に押されて
飢えた目をして立ち止まった。　後ろでは戦が迫り、
ブリテンに災いが訪れていた。　風は変わろうとしており、
モルドレッドが待っていた。

　　　　彼らの伝言は、
国の南にあって海に面し、　日差しまぶしい切り立つ岸壁にいた
彼の元へ届けられた。　刈られた草地の上には
彼の天幕がいくつも並んでおり、　それはまるで喧騒あふれる
小路や路地の集まった　町のようであり、
陣地が位置する　秘密の谷間や
ロメリルを見下ろして　そびえる丘陵には
水が海岸まで流れており、　浅い川筋を作っていた。
東方から、　アンゲルと　霧の島々から
アルメインの王たちが　自国の船団をこの地に集結させており、

崖の下には　彫刻を施した舳先が集まり、　45
黒い旗が　風になびいていた。
順風がまだらになった水面の上を　泡を作りながら吹き、
緑と銀に　輝く小石を
波が白亜の岸壁で　洗っていた。
草の小山に　モルドレッドは立っていた。　50
両目は常に　はるか南の方角を見つめ、
アーサーの船団が　知らぬ間に岸辺まで
風に乗ってやって来ぬかと警戒していた。　見張りを
国の南の　海辺に配し、
昼も夜も　狭い海域を　55
丘から監視させた。　一帯に彼は
高い烽火（のろし）台をいくつも作らせ、　もしもアーサーが来たら
烽火を焚いて　助けを呼び、
最も必要としている場所に　兵士を集めることにした。
かくして彼は見張りながら待ち、　風に注意した。　60

アイヴァーが、　天幕のそばで堂々と立って

考え込んでいる彼に　真剣な声で呼びかけた。
西方からの　好ましからざる知らせを持ってきたのだ。
「ああ、王様！」と彼は大声で言った。「王妃に逃げられました！
王妃の手がかりは　足跡の残らぬ岩場で消えてしまい、　65
猟犬と狩人は　山中で迷いました。
隠された王国へ、　聖なる谷間へ、
かつてレオデグランスが　はるか昔に
包囲されて暮らし、　主君を喜ばせた国へ
王妃は逃げてしまいました。　ですが、王妃を敬愛する者はごく少数です。　70
妖精のような王妃を　もはや恐れることはありません！
恐ろしい運命に王妃が見舞われんことを！　王妃の足が再び
こちらへ戻ってきて　モルドレッドを悩ませることがないように！
ご主君の心から、あの女を追い出してください！　男たちを相手にして、
女は捨て、　戦に心を向けてください！　75
今こそ、ご決断のときです」。　そこで彼の目は震え、
舌は止まった。　モルドレッドが雷のような厳しい顔で
ゆっくりと振り向き、　すさまじい目で
彼をにらみつけたのだ。「去れ！」と彼は叫んだ。

「主人の決断すべきときは　主人が決める。　80
おまえは何も知らぬ。　危急のときに失敗し、
無益な任務から　おめおめと戻ってきながら、
その不遜な舌で　このモルドレッドに
おまえの愚かな考えを教えようというのか？　わたしの怒りを避けて
悪運に落ちよ。　おまえなど悪魔に連れ去られてしまえ！」　85

そしてひとりで長い時間　険悪な顔で歩いた。
その腹の底では　黒い影の下で
炎がくすぶっており、　その煙で彼は息苦しくなっていた。
当惑して歩きながら　彼の心は
恐れと怒りのあいだを揺れ動いた。　当初、彼の思索は　90
渇望に悩まされて　自制からさまよい出し、
情欲に誘われて　長く苦しめられた。
しかし彼はグウィネヴィアが　密使を使って
海の向こうの　ラーンスロットに
急ぎ手紙を送り、　愛を思い起こさせ、　95
難儀しているので　助けてほしいと訴えたものと考えた。

もしもバンの一族が　戦いへと急行し、
黒地に　美しい百合の紋章が
アーサー王の援軍として　誇らしげに進軍する様子が
再び見られたら、　それは彼の策略と計画にとって　100
不吉な前兆となるだろう。　それゆえ彼は長く思慮をめぐらせた。
ベンウィックの王たる　ラーンスロットを
彼は最も憎んでいたが、　同時に最も恐れており、
彼は占いの言葉を　よく覚えていた。
百合を掲げる　ベンウィックの王たちに　105
もしも野戦で　戦いを挑んだら、
それは身の破滅となるであろうという言葉を。　そのため彼の暗い心の中では
怒りと狡猾さとが、　疑念と勇気とが
ぶつかり合って決心できずにいた。　風が弱まった。
雲のない、　晴れた黄金の空で　110
夕暮れの太陽が　夏を再び照らしつつ
赤く輝きながら沈んでいった。　高い天の
流れるような星々の下で　海がかすかに光っていた。
一日が終わり、　次の日となった。　明るい夜明けがやってきた。

朝に吹く浜風は　心地よく、
冷たく、とても速かった。　叫び声で彼は目覚めた。
「帆船です、帆船が　海の上で輝いています！」
見張りが言うと、　悲しく叫ぶ、その声は
持ち場から持ち場へと　風で運ばれ、
烽火台の番兵たちは　たいまつをつかむと
抜かりなく待った。　彼は一言も発しなかった。
彼の熱心な目が　はるか南の方角へ向けられると、
帆船が何艘も　海にいて近づいてくるのが見えた。
かくしてアーサー王は　早朝にやってきた。
自らの失われた王国に　ついに戻ってきたのだ。
彼の幕には　銀で光り輝く
白い聖母が描かれており、　その聖なる腕には
処女から生まれた　赤子が抱かれていた。
太陽が、この似姿を透かして輝いていた。　海はきらめいていた。
あれが何か兵士たちはよく知っていると　モルドレッドには分かっていた。
あれがアーサー王の紋章であることを。　それでも彼の目は定まらなかった。
ベンウィックの旗を、　黒地に銀の旗を、

115　120　125　130

彼は息を凝らして探した。　しかし旗は見えなかった。
黒地に映える　美しい百合の花は
闇の中でしおれ、うなだれていた。　破滅がさらに近づいてきた。　135
太陽が高くなり、　帆はいっそう白くなった。
はるか遠くの海から　ラッパの音が
かすかに聞こえてきた。　アーサー王の横から
高くそびえ立つように　一艘の巨大な船が
激しい勢いで現れた。　朝日を浴びて輝く船は、　140
木材が白く高く、　船体には金色が施されていた。
その帆には　昇る太陽が縫いつけられており、
風になびく　旗には
黄金色に燃える　炎のグリフォンが刺繍されていた。
かくしてやってきたのはガウェイン。　国王を守護し、　145
勇敢な心を持ったガウェインが　先陣を率いてやってきたのだ。
一〇〇艘の船が　船体を輝かせ、
帆を膨らまし、　盾を揺らせて近づいてくる。
その後ろには　大船団が進んでくるのが見えた。
たいへん重い高速帆船と　引かれて進む荷船と　150

武器を備えた　ガレー船とガレオン船の
六〇〇艘の船団が　朝日の中を転回する様子は、
実に見事で恐ろしかった。　旗が何枚もなびいている。
合計一万枚の　盾が吊るされていて
舷側で輝いており、　北方と、
神の嘉するブリテンの　九つの王国の
諸侯と騎士の紋章が見えた。　しかしバンの一族と
ラーンスロットは　百合を掲げて来てはいなかった。　155

するとモルドレッドは　大声で陰気に笑った。
彼は大声で命令した。　ラッパがけたたましく鳴った。
烽火が燃え、　旗が掲げられ。
槍で盾を叩いて出た音は　海岸に響き渡った。
戦が呼び起され、　ブリテンで災いが始まった。　160
かくしてアーサー王は　自らの王国に戻ってきた。
力と威厳をもって　堂々とロメリルに帰ってきた。
ロメリルの海岸のそばを　ゆっくりと流れる
震える小川は　今ではすすり泣いている。　165

太陽が剣にあたって輝いた。　先端が銀の
槍が　天に向かって突き出されて
小麦畑のように白く輝いた。　その頭上では
鴉が輪を描きながら　冷たい声で鳴いていた。
泡立つ海では　千本の櫂が激しく動いて
水を掻いた。　サクソン人の族長たちが
船首に立って　荒々しく叫んでいた。
彼らは剣と　幅広の戦斧を振り回しながら、
ぞっとする声で　彼らの神々の名を呼んだ。
恐ろしい形相で　彼らは龍の船首が付いた
海馬を急がせて　敵を急襲しようとし、
急に方向を変えて　内側に旋回した。
船首が舷側にぶつかった。　木材が割れた。
鉄のぶつかる音と、　戦斧の激突する音がした。
槍と兜が　火花を散らして砕け散った。
戦闘の職人たちが　鍛えられた鉄床の上で
ハンマーを激しく叩いて　怒りと破滅を
容赦なく作り出していた。　彼らの両手は赤く染まった。

170　175　180　185

プリドウェンの周りに軍勢が押し寄せた。　堂々としていて美しい、
白銀で輝く　アーサー王の船に押し寄せた。

するとガウェインが　喜びのラッパを鳴らした。
黄金色に輝く　彼の巨大なガレオン船が
追い風を受けて　雷鳴のように走りながら
敵の中へ突っ込んだ。　その後を　190
ロージアンの君侯たちと、　諸侯と族長たちが続いた。
櫂は裂けた。　鉄が木材を切り裂き、
ロープは切れた。　引き裂くような轟音とともに
マストが折れ、　まるで山の木のように、
戦いの怒号の中、　ゴロゴロと落ちていった。　195
今やガウェインは　名高い剣である
恐ろしいガルースを振り回し——鍛冶職人が、
ローマの建国以前に　ルーン文字を記して魔法をかけ、
その鋼を鍛えて　強力な必殺の剣に仕立てた剣だ——　200
炎をまき散らす火のように　前へ前へと飛び跳ねていた。
彫刻のある船首にいた　ゴトランドの王を

彼は剣で打ち殺して　海に突き落とした。
さらにロクランの諸侯たちへと　電光のように襲いかかり、
猪の飾りが付いた兜と　異教徒の軍旗を
切り刻んだ。　彼の声が高く響き、
「アーサー王」と呼んだ。　雷鳴のような
千倍の答えが返ってきて　空気が震えた。
嵐の中の藁のように、　あるいは容赦ない収穫者の前で
茎が倒れるように、　あるいは霧が
強烈に光り輝く　朝日の前で吹き飛ぶように、
彼の敵は逃げ去った。　彼らは恐怖に打ちのめされた。
舷側と梁から　敵は倒れて落ち、
霊魂を失って　海に沈んだ。
船は炎を上げ、　燃えて煙を出していた。
岸辺にいる何人かは　震えて崩れ落ちた。
赤い波が押し寄せて　岩を染めた。
切られて割れた盾は　漂流物のように
水面に浮いていた。　骨を砕かれ血を流した者は、
ほとんどがこの戦いから逃げ出せずに　命を落とした。

205

210

215

220

かくしてアーサー王は　自らの王国に戻り、
海の道は　ガウェインが先陣を切って
剣によって勝ち取られた。　今や彼の栄光は光り輝き、
その様はまるで真昼の星が　雲もなく強烈に照りつけながら
人々の頭上に　高く昇っているかのようであり、
まだ傾きも陰りもしていなかった。　しかし運命が待っていた。 225
流れは変わろうとしていた。　割れた木材と、
戦士者と溺死者と、　黒い漂流物が
どこまでも続く浜辺に　放置されていた。
赤く染まった岩がいくつも　海から顔を出していた。 230

*

V

ロメリルでの日没について。

かくしてアーサー王は引き潮に乗ったまま　船にとどまっていた。
自分の国に目を向けて、　この緑がそよぐ
草地の上を　この世が続く限り
再び思いのままに歩きたいと　切に願った。
日に照らされて　海へなびく芝生に生えたクローバーの
葡萄酒の風味を持った　香りがほのかに混じる
潮の香りを　味わい、
寛大なキリスト教世界で　そよ風に揺れて鳴る
澄んだ鐘の音を　聞くことを、
平和の王として　天国の門のわきの聖なる世界で

5　10

王国を統治しながら　実現したいと切に願った。
輝きながらそびえ立つ　陸地に彼は目を向けた。
そこでは裏切り者たちが歩き回り、　力と傲慢さを誇示して
ラッパを吹いていた。　不忠の諸侯たちは
岸辺に自分たちの盾を　臆面もなく並べていた。
自分たちの王を裏切り、　キリストを捨て、
異教の力に　希望を託した者たちは。
軍勢は、集結すべく　南へ向かって進軍しており、
東方からは　邪悪な騎者たちが、
どっと押し寄せて破壊をもたらす　炎の災厄のような勢いで殺到していた。
白い塔は焼かれ、　小麦畑は踏み荒らされ、
大地はうめき、　草はしおれた。
ブリテンに災いが起こり、　世界は徐々に暗くなった。
鐘は沈黙し、　剣が音を鳴らしていた。
地獄の門は大きく開き、　天国ははるか遠くにあった。
彼は犠牲を、　悲痛な代償を支払わなくてはならぬ。

最も大切にしていた者たちの　血を流し、
最も愛していた者たちの　命を失わなくてはならぬ。
その場に友は倒れ、　立派な騎士道の華は
しおれるであろう。　信義を手にするためには　30
死と暗闇が、　人間たちの破滅が必要であり、
そうして初めて岸壁は破られ、　道は勝ち取られ、
この緑がはじける　草地の上を
再びその足で感じながら　家路へ向かうことができるだろう。
これまで一度もアーサー王は　窮地や危険に　35
尻込みしたり、ひるんだりしたことはなく、　目的をそらされたり、
道を妨害されたりすることもなかった。　それが今では同情心に圧倒され、
自らの国と忠臣への愛は　押しつぶされ、
道を誤り　長らく誘惑された卑しき者たちと、
心が揺れる弱き者と、　邪悪な者のために嘆いていた。　40
災いと疲労と　戦に倦んだため、
王冠を戴く正当な　王権を手にした王は、
平和に道を進もうと考え、　赦免を施し、
負傷者は治癒し、　全員を導いて、

神の嘉するブリテンに　至福を呼び戻そうと思った。
しかし道を勝ち取ったり、　世界を征服したりするより先に、
死が彼の前に　不気味に横たわっていた。　45

［以下の一六行は、別の紙にもっと急いで書かれていたものである。］

王はガウェインを呼んだ。　王は重々しい口調で
彼を深く悩ませていた　秘密の考えを打ち明けた。
「気高く忠義の　家臣と親族、
わたしが塔とも盾とも頼む、　信頼厚い助言者たちを、
我らの前にある道は　危険へと導いている。　50
我らは海で勝った。　だが岸壁がまだ残っており、
敵は脅しで兵を集めて　抵抗するかもしれぬ。
容赦なく攻撃するのが　正しい選択なのであろうか？
裏切って岸壁を守る者たちに　犠牲を勘定に入れず
死の代償を払わせて　我が軍を通すことが？　55
不利な状況と知りながら　あらゆる希望を
恐ろしい賭けに投じることが正しいのだろうか？　わたしの心は、

戦いを先延ばしするのが　最善策だと説いている。
別の上陸地点に　我が軍を連れていくことにして、
風と潮流に　身を任せて
西へ向かおうではないか」

『アーサー王の死』の最終稿は、ここで終わっている。

60

注

巻I

1－9　アーサー王の東征については、一〇八～一一二ページを参照。

21　「神殿」(fane)：現代英語では「temple」。

33　「ついに追いつめられて」(at last embayed)（鉛筆で「embayed and leaguered」〔追いつめられて囲まれて〕を修正）：『オックスフォード英語辞典』では動詞embayにそうした意味があるとは書かれていないが、ここでの意味は明らかに「追いつめられて」である。

44－50　円卓の騎士たち。ライオネルとエクトル（このふたりについては、二三七～四三ページ参照）、およびボールスとブラモアは、ラーンスロットの親族で、特にエクトルはラーンスロットの弟である。ベディヴィアは、『アーサー王の死』ではここにしか名前が出てこないが、もし父が物語をカムランの戦いの後まで書き進めていたら、きっと重要な役割を担うことになっただろう（一三八～四〇ページ参照）。

マラックとメネドゥーク、およびエラックは、『頭韻詩アーサー王の死 The Alliteretive Morte Arthure』でカムランの戦いの戦死者として名前が出ている。

レゲッド（Reged）は、北ブリテンにあった忘れられた王国の名である。レゲッド国王ウリエンと、その息子イウェイン（オウェインとも）は、もともとは歴史上実在した王のようで、六世紀に北ブリトン人がアングル人と戦った戦争で有名になったらしい。

ここに挙げられた騎士たちのうち、ライオネル、ボールス、ベディヴィア、エラック、ウリエンの息子イウェインは、『サー・ガウェインと緑の騎士』に登場している（父の現代英語訳［山本史郎訳、原書房、二〇〇三年］では、スタンザ6と24にあり）。

51

「性急なカドール」（Cador the hasty）：父は当初「fearless」（恐れを知らぬ）と書いていたが、その上の余白に後から鉛筆で「hasty」と書き足している。もしかすると父は、こう書き替えたとき、ジェフリー・オヴ・モンマスが語る、ローマ皇帝ルキウスからの手紙が読み上げられたときの一件（九九ページ参照）を考えていたのかもしれない。ジェフリーから「陽気な」男（erat laeti animi）と呼ばれているコーンウォール公カドールは、手紙が読まれると、いきなり大声で笑い出し、ローマの挑戦は受けて立つべきだ、ブリトン人は軟弱な無精者になってしまったのだから、と訴えた。ラヤモンの『ブルート Brut』（一〇〇ページ）では、カドールは「For nauere ne lufede ich longe grið inne mine londe」（なぜなら、この国の長い平和をわたしは決して好まなかったからです）と断言し、そのためガウェインから

厳しく叱責されている。ただし『アーサー王の死』（Ⅰ36－8）ではガウェインが
戦を熱望しており、
何もしない安楽な日々に　円卓の騎士たちを
分裂させ離散させた　悪因があったと思っていた。

130　「歩き疲れた」（forwandered）：現代英語では「wearied with wandering」。

145　「クラドック」（Cradoc）：一〇六～七ページ参照。

160　「ブリテンで戦の風が激しく吹いているのです！」〔Wild blow the winds of war in Britain!〕：一一三ページ参照。

167　「ロクラン」（Lochlan）：アイルランドの伝説に登場する地名だが、ここではアーサーに敵対する遠隔地の民族を指しているようだ。この名はⅣ204に再び出てくる。

168　「アルメイン」（Almain）：ドイツのこと。「アンゲル」（Angel）：デンマークの半島部にあったアングル人の故地。

185、191-2　「バン一族」（Ban's kindred）：フランスにあるベンウィックの王バンは、ラーンスロット卿の父である。一二六～七ページ参照。

203-4　「この森の端から／アヴァロン島まで」（From the Forest's margin / to the Isle of Avalon）：一七八ページ参照。

巻Ⅱ

12　「モート」（mort）：狩りで獲物の鹿が死んだことを知らせる角笛の音。

27　「グウィネヴィア」（Guinever）：父の詩では、この王妃の名前の綴りは一定していない。多いのは「Guinever」で、巻Ⅱの最終稿でも、27行目、135行目、143行目で「Guinever」が使われているが、194行目と211行目では「Guinevere」である。また、最終稿以前の草稿では、「Guinevere」「Gwenevere」「Gwenever」となっている【訳文では、混乱を避けるためすべて「グウィネヴィア」に統一した】。

50　「本丸の階段」（the dungeon-stair）：ここでの「dungeon」は古い意味で使われており、中世の城の本丸、つまり中央にある巨大な塔を指す。

52–3　「時はわたしたちに／ほんのわずかな小休止しか与えてくれません」（Time is spared us / too short for shrift）。巻Ⅱの最初の原稿では、本文のこの個所は「海はわたしたちに／ほんのわずかな小休止しか与えてくれません」（The sea spares us / a shrift too short）となっている（二六七ページ）。もともと「short shrift」とは、死ぬ前に罪の懺悔（shrift）を行なう短い時間のことで、そこから「短い休息」の意味で使われている。なお、Ⅱ68に出てくる「懺悔」の原語は「shrift」である。

80　「ホワイトサンド」（Whitesand）：フランスのパ・ド・カレー地方にあり、カレーとブーローニュのあいだに位置するウィッサン（Wissant）のこと。

86　「彼らは波を待ち、風の怒りをやり過ごしています」（On the waves they wait and the wind's fury）：波と風が収まるのを待っているということ。

101　「ログレス」（Logres）：アーサー王が治めていたブリテン島の王国の名。

107－8　「エリン」（Erin）：アイルランド。「アルバン」（Alban）：スコットランド。「東サッソイン」（East-Sassoin）：東ザクセン。「アルメイン」と「アンゲル」については、Ⅰ168の注を参照。

198、202－3　「レオデグランス」（Leodegrance）：ウェールズにあったカミリアード国の王で、グウィネヴィアの父。203行目で円卓が出てくるのは、円卓がアーサーの父ウーゼル・ペンドラゴンのために作られたという伝説と関連している。マロリーの『アーサー王の物語 The Tale of King Arthur』には、レオデグランスはマーリンから、アーサーがグウィネヴィアを妻にしたがっていると聞くと、次のように述べたと記されている。

「それはわたしにとって」とレオデグランス王は言った。「今まで耳にした中で最も嬉しい知らせだ。武勇と高潔さを備えた、かくも立派な王がわたしの娘と結婚したがっているとは。わたしの領地についてては、もしアーサーが喜ぶと分かれば、彼に与えてもよいが、彼はすでに領地を十分に持っているから、わたしの領地は不要だろう。その代わり、もっと喜んでもらえそうな贈り物をしよう。彼の父ウーゼルがわたしにくれた円卓を、彼に与えることにしよう」

巻Ⅲ

7　「ベンウィックの浜辺では」（On Benwick's beaches）：Ⅰ185の注を参照。

29　「一方、ガウェインは黄金色で、日光のような金色だったが」（Gold was Gawain, gold as sunlight）。ガウェインは、詩の後半で再び太陽と関連づけられ（Ⅲ177‐9の「西に傾く太陽」〔the westering sun〕とⅣ223‐4の「真昼の星」〔the star of noon〕）、彼の船の帆には「昇る太陽」（a sun rising）が縫いつけられている（Ⅳ142）。しかし父の詩では、彼の力が正午に近づくにつれて強くなり、その後は次第に衰えていくことは、まったく触れられていない。この特徴は、ベンウィック包囲戦の物語では重要な要素になっていて、戦闘中にラーンスロットは、ガウェインの力が弱くなったとき彼に重傷を負わせた（一一八ページ参照）。

55‐6　この二行は、Ⅱ28‐9をほぼそのまま繰り返したものであり、さらに同じ句は、別の草稿でライオネル卿のセリフとして登場する（一三九ページ）。この句が登場する最も古いテキストは、二一八ページに掲載した概要Ⅲである。

62 「鋼のように鍛え上げられた心」（steel well-tempered）：この句は、本巻の26行目でランスロットを描写するのに使われている。

この行の後半は、原稿では当初「強い誓いを彼女は破った」（Strong oaths she broke）と書かれていたが、その後に鉛筆で「彼らは破った」（they broke）に修正されている。二二五ページ参照。

68以降 ここで簡単に触れられている物語については、二二〇ページ以降を参照。

68–9 「硬い手のアグラヴェイン」（Agravain the dour-handed）は、「Agravain a la dure mayn」（『サー・ガウェインと緑の騎士』では、110行目でそのように呼ばれている）を翻訳したもので、「dour」は「硬い」という古い意味で使われている。

82–3 「ガヘリスとガレス」（Gaheris and Gareth）：二二〇～一ページ参照。

86 ここと156行目の「陣容」の原語は「battle」で、ここでは「battle array」の意味で使われている。

89　「後悔」（ruth）：現代英語では「remorse」。

100　「ほとんど気に入らず」（little liked her）：現代英語では「little pleased her」。

104　「露わにした」（bewrayed）：現代英語では「betrayed」。

122　「席」（siege）：現代英語では「seat」。

140―2　この行は、本巻の15～16行目、および18行目の繰り返しである。

148　「ログレスの君主」（the Lord of Logres）：アーサー王のこと。

巻Ⅳ

29　「臭跡」（fewte）：狩りの対象となった動物が通った跡。この語は、『サー・ガウェインと緑の騎士』の狩りの場面に登場しており、そのひとつ「Summe fel in be fute ber be fox bade」は、父の翻訳（スタンザ68）では「何頭かの犬が狐の臭跡にゆきあたり」となっている【『サー・ガウェインと緑の騎士』（山本史郎訳、原書房、二〇〇三年）より訳文引用】。

41　「ロメリル」（Romeril）：イギリス南西部にあるケント州ロムニーのこと（一三五ページ参照）。

43　Ⅱ108の一部が繰り返されている。

68　「レオデグランス」（Leodegrance）：Ⅱ198の注を参照。

98　「黒地に美しい百合の紋章」（the fair lily on the field sable）：Ⅳ134の注を参照。

126　「光り輝く」（sheen）：現代英語では「bright」「shining」。

126–8　ジェフリー・オヴ・モンマスによると、アーサー王の盾プリドウェン（Ⅳ186の注参照）の内側には聖母マリアの似姿が描かれており、そうすることで常に聖母のことを考えていられるようになっていたという。また『頭韻詩アーサー王の死』では、大海戦の前に掲げられたアーサー王の旗の上部は、次のようになっていたと記されている。
　しかし上部に選ばれたのは、白亜のように白い聖処女と、その腕に抱かれた子供であり、その上部は天国を表している。
『サー・ガウェインと緑の騎士』では、ガウェイン卿について同じことが述べられており、彼は聖母マリアに帰依していたので（以下、父の翻訳によるスタンザ28より）
　盾の内側に聖母の美しい似姿を描かせた（中略）そして、この似姿に目をやれば、たちまちにしてガウェインの心にひたひたと勇気の満ちてこないことはなかった【前出『サー・ガウェインと緑の騎士』】。

134　「百合の花」（flower-de-luce。fleur-de-lysとも）とは、百合の紋章のことで、ベンウィックの旗印である（132）。Ⅳ98の（バンの一族の）「黒地に美しい百合の紋章」（the fair lily on the field sable）、およびⅣ158の「ラーンスロットは百合を掲げて来てはいなかった」

144

(Lancelot with his lilies came not) も参照。

「炎のグリフォン」(a fiery griffon):グリフォン(鷲の頭と翼を持ち、胴体はライオンの姿をした怪獣)の紋章は、『頭韻詩アーサー王の死』ではガウェインの武具に描かれている(「黄金のグリフォン」〔a gryffoune of golde〕、一四六ページ参照)。また、この詩の中断した個所以降の内容に関するメモでは、ガウェインの盾にはグリフォンの図像が描かれていたと記されている(一五七ページ)。

146

「先陣」(vaward):現代英語では「vanguard」。

150

「たいへん重い高速帆船と引かれて進む荷船」(deepweighed dromonds and drawn barges)。「dromond」という語は、『頭韻詩アーサー王の死』では海戦の場面に登場し、アーサー王の船団には「dromowndes」と「dragges」が含まれていたと記されている。『オックスフォード英語辞典』では、その一文が引用され、「dromond」とは「中世の非常に大きな船」(a very large medieval ship)と解説されている。また、ここでの「drag」は「貨物運搬用の平底船またはいかだ」(a float or raft for the conveyance of goods)と定義されている。

154

「盾」(targe):現代英語では「shield」。

186　プリドウェン（Prydwen）は、ジェフリー・オヴ・モンマスがアーサー王の盾に与えた名前で（Ⅳ126‐8の注を参照）、ラヤモンも『ブルート』（一〇〇ページ）でこれに従っているが、ウェールズ語の初期の詩では、ここで示したように、アーサー王の船の名であった。

210　「霧」（roke）：現代英語で「mist」。

巻V

26

「代償」(trewage):現代英語では「tribute」「toll」。

本詩とアーサー王伝説の関係

本詩とアーサー王伝説の関係

ローマ帝国の軍団がブリテン島を去ってから七〇〇年以上後の一二世紀中葉、おそらく一一三六年頃に、『ブリテン列王史Historia Regum Britanniae』という題名の書物が登場した。著者の名はジェフリー・オヴ・モンマス（ちなみにこの人物は、父の小説「ノーション・クラブ文書The Notion Club Papers」〔『サウロン敗れるSauron Defeated』所収〕の一九二ページと二一六ページに、ちらりと顔を出している）。この『ブリテン列王史』については、「ある民族の伝説を形作るのに、これほど貢献した想像の産物は、『アエネイス』を除いて他にない」と言われている（一九二七年、イギリスの批評家サー・エドマンド・チェンバーズの言葉）。ここで彼は「想像」という単語を意図的に使っている。一般にジェフリー・オヴ・モンマスの同書は、アーサー王の（「騎士物語的」伝承ではなく）「歴史的」伝承の典拠と言われているが、この「歴史的」という語は誤解を非常に招きやすい。ここで言う「歴史的」とは、ジェフリーの著作が、驚くような話や突飛な話を史実にまったく合わない枠組みにふんだんに盛り込んでいるものの、それでも「史書の形式」で書かれている（さまざまな出来事がラテン語で綴った叙述的な年代記として、真剣な意図で記されている）という意味であって、内容が史実に基づいていているということではまったくない。だから、むしろ「疑似歴史的」と呼んだ方が適切だろう。

この著作では、一九〇〇年以上にわたるブリトン人の歴史が記されており、そのうちアーサー王の生涯は、全体のわずか四分の一を占めるにすぎない。これは「世界で最も図々しく、最も成功を収めたペテンのひとつ」だと、著名な学者R・S・ルーミスは述べている（『アーサー王物語の発展The Development of Arthurian Romance』、一九六三年）。しかし彼は、同書で次のようにも書いている。

『ブリテン列王史』とその構成法を研究すればするほど、著者の厚かましさにますます驚かされると同時に、彼の巧妙さや手際にますます感服してしまう。洗練されているが凝りすぎてはいない文体で書かれていて、学問的に確かな典拠と広く受け入れられている伝承とをしっかりと調和させ、物語作家のように話をやや際限なく膨らませることもなく、非常に古い写本に表向き根拠を置いており、そうである以上、ジェフリーの傑作が疑いの目を逃れ、学問の世界に受け入れられたのも当然だろう。

この作品がさかんに読まれ、長期にわたり受け入れられてきたことは、文学上きわめてまれに見る現象であった。同書に対する父自身の評価については、わたしは何も知らない。おそらく、父の友人で文学者のR・W・チェンバーズによる「この国でこれまで書かれたうち、最も強い影響を残した書籍のひとつ」という評価を受け入れていただろう。また、同書のアーサー王に関する部分を痛烈に批判していた作家・批評家C・S・ルイスに共感していたかもしれない。ルイスは、死後出版されたエッセイ「中世書籍の起源 The Genesis of a Medieval Book」(『中世ルネサンス文学の研究 Studies in Medieval and Renaissance Literature』〔一九六六年〕所収)で、次のように述べている。

確かにジェフリーは、アーサー王伝説の歴史研究者たちにとって重要な存在ではある。しかし、そうした研究者たちは、関心を主として文学に向けることがほとんどなかったため、彼が文筆家として二流の才能しかなく、美的観念はまったく持ち合わせていなかったことを、忘れずに教えてくれるとは限らなかった。彼の著作でアーサー王を扱った個所は、マーリンの予言という我慢ならない与太話と、アーサー王による外国征服とが、かなりの部分を占めている。もちろん外国征服は、アーサー王について最も史実に基づかず、かつ最も神話と関係がない要素だ。アーサー王が実在したとしても、彼はローマ帝国を征服したりはしなかった。もし物語が異教のケルト神話に起源を持つものだとすれば、この遠征にそうした起源はない。完全なフィクションである。だが、何というフィクションだろう!　わたしたちは、ときどき現れる巨人や魔女に対する疑念を棚上げにすることができる。彼らはわたしたちの潜在意識や遠い過去の記憶の中に友人を持っているし、想像力は、現実世界には彼らの入り込む余地があると、いとも簡単に思わせることができる。しかし、ヨーロッパ全土の地図を縦横無尽に駆け巡り、我々の知る歴史とは何ひとつ相容れない大規模な軍事作戦となると、話は別だ。わたしたちは疑念を棚上げにすることはできない。棚上げしたいとさえ思わない。判で押したような無意味な連戦連勝の記録は、たとえ事実であっても読んでいて非常に退屈するのに、それが見え透いた腹立たしいほどの虚構なら、とうてい我慢できない。

しかし、父の書いた『アーサー王の死』の冒頭部を読むと、父が、ジェフリー・オヴ・モンマスと彼の後継者たちが語り継いできたアーサー王の最後の海外遠征の物語から根本的に決別しようとしていたことが分かる。そこでここでは、ジェフリーの語る物語をごく簡単に要約して示すことにする。ただし、彼が典拠とした文学作品や伝承については議論しない。なぜなら、ここでのわたしの目的は、何よりもまず、父の『アーサー王の死』がジェフリーの始めた「年代記的」な英雄伝説との関係でどのように位置づけられるかを述べることにあるからである。

ジェフリーの語るところによると、アーサーは父ウーゼル・ペンドラゴンが死ぬと一五歳でブリテン王に即位し、その後ただちに、憎み憎まれる仲だったサクソン人を屈服させるため戦争を開始し、何度も戦闘を繰り広げた末、サマセットのモームで最後の決戦を行なった。アーサーは、聖母マリアの似姿が描かれた盾プリドウェンを持ち、アヴァロン島で鍛造された剣カリバーンを帯び、頭には龍の形に彫った飾りのある黄金の兜をかぶっていた。この決戦でアーサーはサクソン人の隊列に跳び込み、カリバーンを振るって当たった相手を全員一撃で倒し、自らの手だけで四七〇人ものサクソン人を殺した。

サクソン人は逃げて森や洞窟や山に隠れたので、アーサーは矛先を転じて、侵入してきたピクト人とスコット人を壊滅させることにした。そして「ブリテン全土にかつての威厳を取り戻すと」、ブリテン一の美女で、「ローマの高貴な家に生まれた」グウィネヴィアと結婚した。翌年、彼はアイルランドとアイスランドを征服し、ゴトランドの王とオークニー諸島の王は、攻撃を受ける前にアーサーの覇権を受け入れた。それから一二年のあいだに、ノルウェーとデンマークはブリトン人によって国土を徹底的に荒らされてアーサー王の支配に屈し、ガリアの全域は彼の支配下に入った。

ジェフリー・オヴ・モンマスの描くところによれば、今やアーサーは非常に強力な君主となった。戦いでは無敗を誇り、その名はヨーロッパ全土で畏敬の的となり、配下の騎士たちや彼の一族は騎士道と宮廷生活の模範や手本となった。そしてガリアから戻ると、グラモーガン【ウェールズ南部の地方名】にあるカーリーオン＝アポン＝アスクという町に壮麗な宮廷を開いて並外れて豪華な祝宴を催し、これに西方の国々や島々の名だたる支配者がひとり残らず出席した。しかし祝宴が終わらぬうちに、ローマからの使節団が、皇帝ルキウス・ヒベリウスがアーサーに宛てた手紙を持ってやってきた。その手紙でルキウスは、アーサーがブリテンの納めるべき貢ぎ物を払わず、帝国に服属していた国々を奪取するなど数々の悪行を犯してきたことを非難して、アーサー自らローマに出頭して裁きと罰を受けよと命じ、もし出頭しなければローマは軍勢を遣わすと警告した。

これに対してアーサーは、確かにローマへ赴くが、それはローマ人がわたしに与えようとした罰を逆に加えるためだと返答した。そこでルキウスは東方の王たちに軍勢を整えるよう命じ、ブリテン征服に同行させることにした。こうして強大な軍勢が集められ、その正確な総数は四〇万一六〇人に上った。この軍勢を迎え撃つべくアーサー王は大軍を集め、留守中のブリテン防衛を、甥のモルドレッドと王妃グウィネヴィアの手に委ねた。

ジェフリー・オヴ・モンマスの物語をさらに縮約し、C・S・ルイスの言葉を要約の代わりに使って言えば、この「ローマ戦争」は、ブリトン人の大勝利と皇帝ルキウスの死で幕を閉じた。しかし、アーサーがすでにアルプス山脈に踏み入ってローマへ向かおうとしていたとき、彼の元へ、国許でモルドレッドが王位を簒奪し、グウィネヴィアと姦通しているとの知らせが届けられた。ここでジェフリー・オヴ・モンマスは突然沈黙し、この件については何も言うつもりはないと書いている。彼はその言葉を守った。アーサー王は、ケント海岸のリッチバラに上陸すると、素早く進軍してモルドレッドと何度も戦闘を繰り返し、その過程でモルドレッドとガウェインは殺され、アーサーは瀕死の重傷を負った。グウィネヴィアについてジェフリーは、彼女は絶望してカーリーオンへ逃げ、その地で尼僧になったとしか述べていないし、アーサー王についても、彼は傷の手当てを受けるためアヴァロン島へ運ばれたと記しているだけである。ラーンスロット卿については、『ブリテン列王史』には記載がまったくない。

以上が、ジェフリー・オヴ・モンマスを起源とする「年代記的」つまり「疑似歴史的」アーサー王伝説の物語である。同様の内容は、ノルマン系の詩人ワースが、ジェフリーが没した頃（一一五五年）に完成させた『ブリュ物語Roman de Brut』にも見られ、さらにその後、ウスターシャーにあったセヴァーン川沿いの小教区アーンリー（別名アーリー・リージス）の司祭だったイングランド人ラヤモンが、一三世紀初頭近くに、ワースを下敷きにしながら独自に書き上げた長編詩『ブルート Brut』(1)に引き継がれた。

＊

『頭韻詩アーサー王の死』

この物語は、ほかにもうひとつ、後に見るように父の『アーサー王の死』の内容に一定の重要性を持つ別の作品にも取り入れられている。それは一四世紀の「頭韻復興」で生まれたすばらしい詩で、一般に『頭韻詩アーサー王の死 the alliterative Morte Arthure』の名で知られている作品である。わたしは『サー・ガウェインと緑の騎士』（一九七五年）で、頭韻詩に関する父の言葉を次のように引用した。

しかもこの詩人は、『サー・ガウェインと緑の騎士』において、古い時代から伝わっていた英語の韻律法を用いた。すなわち、現在〝頭韻〟と呼ばれている韻文形式がそれだ。それは、フランス語やイタリア語を起源とするような、脚韻をつけ、音節の数を一定にすることで得られるような効果とは、まったく異なる効果を狙った形式だった。慣れない者にとっては、粗野で、不規則で、こわばった印象をあたえただろう。そしてまた、（ロンドンを基準にした場合の）方言特有の言いまわしは別にしても、この〝頭韻〟詩には、通常の会話や散文には用いられない詩語が多数含まれていたので、その伝統の外にいる人々にとっては、「分かりづらい」と感じられたことだろう。

一言でいうと、この詩人は、十四世紀の〝頭韻復興〟といわれるものの信奉者だったのだ。それは、まじめで高尚な書き物にはもう久しく用いられることのなかった、古くから伝わるイギリス固有の韻律と文体を、あらためて用いようという運動だった。こうして肩入れしたものの、この詩人はその失敗のつけを払わされることになった。そう、頭韻詩はけっきょくのところ復興しなかったのである。政治権力、商業、富などはいうまでもなく、趣味、言語、あるいは時代そのものの潮の流れが、そちらのほうには向いていなかったのだ。【『サー・ガウェインと緑の騎士』(山本史郎訳、原書房、二〇〇三年)より訳文引用】

『頭韻詩アーサー王の死』は、四〇〇〇行を超える長い詩で、執筆年は不明だが、通説では一四世紀後半に書かれたとされ、原本はなく、リンカン大聖堂の図書室にあるロバート・ソーントン作成の写本でのみ知られている[2]。この正体不明の詩人が何を典拠にしたのかについては、さかんに議論されてきたが、本書の目的に限って言えば、物語構造から考えて『ブリテン列王史』の伝承から派生したものだと指摘すれば十分だろう。詩は、アーサー王の催した大宴会に、「ローマ皇帝サー・ルキウス・イベリウス」から派遣された使節団が到着する場面で始まり、全体の大半は、アーサー王がローマとその同盟軍を相手に戦った戦争の描写に当てられている。これはまさしく「英雄」詩、武勲詩、戦争詩(ただし、戦争のことしか出てこないわけでは決してない)であり、戦場と激戦の様子や、はっきりと目にした剣の恐怖——百年戦争の現実——が描かれている。このことは、短い抜粋を読んでみるとよく分かるだろう。ジェフリー・オヴ・モンマスが、ルキウスは名もなき騎士によって殺されたと述べているのに対し、この詩では、ルキウスはアーサーの手で殺されており、王の武勇は次のように描写されている。

そこで皇帝は必死になって　アーサーを打ち、
返す刀で面頬を狙い、　必死になって彼を打つ！
抜き身の剣が鼻に当たって、　彼をひどく痛がらせ、
豪胆な王の血が　胸に流れ、
幅広の盾と　輝く鎖帷子は血だらけになる！
我らが豪胆な王は輝く手綱を引いて　馬を返すと、
丈夫な剣で　彼に切りつけ、
胸当てと胸を　その輝く武器でもって
喉元から斜め下へと　一気に切り裂く！
かくして皇帝は　アーサーの手で死に……

ローマ軍との最終決戦で皇帝を殺した後、『頭韻詩アーサー王の死』では、さらに数百行を費やして、ジェフリー・オヴ・モンマスにはなかった、アーサー王が軍を率いて進攻を続けた様子が描かれ、ついに王はローマの北にある「葡萄の木に囲まれた」ヴィテルボの谷までやってきて、「男たちはこの地上でこれ以上ないほど楽しんだ」。

このきわめて快適な場所にいたアーサーの元に、ローマから講和を求める使節団がやってきた。そ

のひとりで「宮廷に属する最も賢明な枢機卿」が、アーサーをローマで支配者・君主として戴冠させたいというローマ教皇の提案を伝えた。これを聞いてアーサー王は、自分の勝利が輝かしいものとなることに喜び、すでにローマは我らのものであり、クリスマスにローマで戴冠したいと言うと、寝不足で疲れていたため、ベッドに入った。

しかし真夜中から一時間後　彼の気持ちはすっかり変わった。
彼は未明に　まったく驚くべき夢を見た！
そして恐ろしい夢が　終わっても、
王は今にも死にそうな様子で　恐怖のため横になったまま、
賢者たちを呼びにやり、　自身の恐怖を話して聞かせた。

わたしは先に、『頭韻詩アーサー王の死』はアーサー王を称える英雄詩であり、とりわけ戦闘を描いた詩だと述べた。しかし、詩を先へ読み進むと、作者の主要な意図が実現されるのは、このヴィテルボの谷の葡萄園でアーサー王が見た夢によってのみだということに気づく。アーサーが恐怖で目覚めて「賢者たち」に語ったところによると、彼が夢で見たのは装飾が見事で豪華な運命の紡ぎ車で、そこには、歴史上の偉大な支配者・征服者である「九偉人」つまり「九人の英雄」のうち八人が配されていた。以下、この夢についてごく簡単に概略を述べる。

夢の中で、彼はひとり森で道に迷っており、周りには狼や猪のほか、彼の忠義な騎士たちの血をなめるライオンたちもたくさんいた。しかし逃げていくと、やがて山の牧草地に出た。そこは「人間界で人が目にする中で最も心地よい場所」であり、しばらくすると雲の中から、豪華な衣装を身にまとった女神が下りてくるのが見えた。彼女は運命の女神で、両手に金と銀でできた紡ぎ車を持っており、その白い手で紡ぎ車を回すのである。アーサーは、運命の紡ぎ車の最上部に「白亜のように白く輝く銀でできた椅子」があるのに気づいた。その椅子からはすでに六人の王が転げ落ち、今では壊れた王冠をかぶったまま紡ぎ車の外側の輪にしがみついて、ひとりずつ代わる代わるに、あの偉大さと権力の高みから落ちたことを嘆いていた。ほかに二名の王が、紡ぎ車の頂点にある高い座席に座ろうと上を目指していた。やがて運命の女神はアーサーに向かって、あなたが戦であらゆる栄誉を勝ち取ったのはわたしのおかげなのですと告げ、わたしはあなたをこの高い椅子に座るべき者として選びましたと言うと、アーサーを持ち上げてその座席に座らせ、「地上の支配者」として遇した。ところが「正午に」なると女神の態度が急変し、「あなたは喜びの中、君主として十分に生きました」と言うと、「ぐるりと女神は紡ぎ車を回し、わたしを下へと向け」、そのため彼は体ごと落ちて潰れた。そこでアーサーは目が覚めた。

夢解きに来た賢者は、きつい言葉で、陛下は幸運の絶頂にいるが、この先そこから落ちる定めになっていると告げた。

これまで陛下は多くの血を流し、　人々を殺してきました。
無実の者を、傲慢な態度で　さまざまな王国で殺してきました。

ご自分の恥ずべき行為を告白し、　最期を迎える準備をなさいませ！
陛下は啓示を受けたのです。　お望みなら注意を払っておきなさいませ。
何となれば陛下は五つの冬を過ごすうちに　暴力によって倒れるのですから。

賢者は、アーサー王が眠っているときに見たものの意味を長々と解釈した後、森にいた野生の獣たちは、王の国に侵入して人民を苦しめる邪悪な者たちのことだと告げ、陛下が国を出てからブリテンで何か災いが起きたとの知らせが一〇日以内に届くだろうと警告した。そして王に、不幸に見舞われる前にこれまでの正しくない行動を悔い、「心構えを改め」（つまり、行動様式を変え）、謙虚な気持ちで慈悲を請うようにと進言した。

するとアーサーは立ち上がり、身なりを整えると（彼の豪華な服装を事細かに描写するのに七行が使われている）ひとり散策に出た。日の出のとき、彼は粗末な衣服をまとった男（この粗末な衣服を描写するのにも同じく七行が使われている）に出会った。いかにも巡礼者らしい服装であり、実際彼はローマへ向かう途中だった。アーサーが呼びかけると、その男はアーサーが「王の部屋の騎士、カーリーオンの管理者」として知っているクラドック卿であった。ジェフリー・オヴ・モンマスの物語では、アーサーがモルドレッドの裏切りを知った経緯は語られていないが、この詩では裏切りを知らせることがクラドック卿の旅の目的だったと明示されている（ちなみに、父の『アーサー王の死』のI 145で裏切りの知らせを持ってきたのもクラドック卿だった）。彼は、モルドレッドが自らブリテン王に即位し、いくつもの城を奪い、サザンプトン沖に大船団を整え、デーン人とサクソン人やピクト人とサラセン人を王国支配のため呼び込み、そして、数々の悪行の中でも特に許しがたいことに、グウィネヴィアと結婚して子供をもうけたと告げた。

この後も『頭韻詩アーサー王の死』の物語は、約八〇〇行続く。この一件、および父の『アーサー王の死』との関係については、後に（一四三ページ以降で）再び取り上げることにする。

＊

英語によるアーサー王伝説の歴史で特筆すべき特徴のひとつに、サー・トマス・マロリーの（キャクストン版における）第五巻『自身皇帝でもあった気高いアーサー王の物語The Tale of the Noble King Arthur that was Emperor Himself』は、『頭韻詩アーサー王の死』にかなり忠実に基づいている（かつ、これ以外の資料には基づいていない）ことが挙げられる。マロリーはこの詩の写本を前にして、非常に丹念に散文に書き換えていったのである（ただし、細かい点でロバート・ソーントンが制作したリンカン大聖堂の写本よりも信頼できる写本を使っていた）。

ユージーン・ヴィナーヴァー教授は、その優れた校本（『サー・トマス・マロリー作品集The Works of Sir Thomas Malory』全三巻、一九四七年）の中で、この『物語』が実はマロリーの書いた最初の作品であることを示し、「一般的な通説とは異なり、彼が初めてアーサー王伝説を知ったのは『フランス語の本』を通してではなく、英語詩『頭韻詩アーサー王の死』を通してだった」と主張した（前掲書第一巻、xliページ）。

マロリーは、アーサーがヴィテルボ近郊で野営しているときにローマの使節団が講和を求めに来て教皇による戴冠を申し出た場面で、『頭韻詩アーサー王の死』ではその後もさらに一〇〇〇行以上も続くのに、話をバッサリと切り捨てている。ここからマロリーは、彼による物語の結末へと急ぎ進んでいく。アーサーは順当に皇帝に即位すると、その直後にブリテンへ帰った。彼はケント海岸にあるサンドウィッチに上陸し、「王妃グウィネヴィアは王が帰ってきたと聞くと、王とロンドンで会った」。物語の冒頭部でマロリーは、アーサーが甥モルドレッドを不在中の摂政に任命したことへの言及をすべて削除している。そして結末部では、モルドレッドの裏切り、グウィネヴィアの姦通、アーサーの破滅という物語をどれも採用しなかった。それとともに運命の紡ぎ車の夢も、当然ながら消えている。マロリーは、この物語を書くに際し、アーサー王の話を傲慢な英雄の悲劇として描く気はまったくなかったのである。

後述するように、父は『アーサー王の死』の巻Ⅰで「年代記的」つまり「疑似歴史的」伝説の核となる物語のアイディア、すなわちアーサー王による海を越えての東方大遠征を、残そうとしていた。しかし父の詩は、次に見るように、前置きなしにいきなり始まっており、状況や直接の動機についての説明はまったくない。

アーサー王は　鎧姿で東を目指し、
蛮族の領地で　戦をしようと決心し

たが、その理由については

かくして不吉に織られた運命により　王は駆り立てられ

としか書いていない。

ジェフリー・オヴ・モンマスにはあった、アーサーの勝利を祝うためカーリーオンで催された大祝宴はなく、それに伴い、ブリトン人の王の最後の遠征の動機となった、皇帝の威圧的な手紙を持ってきたローマからの使節団来訪もない。『アーサー王の死』には、この構想の痕跡は何ひとつない。ローマ軍団を打ち破ってローマの使節団に和を請わせる征服者として人生の絶頂に至るのではまったくなく、「ローマの領土を破壊から守ろう」（Ⅰ４）というのがアーサーの目的だった。

遠征の目的と規模は、実際にはやや曖昧になっている。アーサーの目的は、当初は明らかに、潜伏先にいるサクソン人の海賊たちを襲撃することであり、したがって彼が守ろうとする「ローマの領土」は間違いなくローマ領ブリタニアだろうと推測するのは、理に適っているように見える。しかし暗黒森（マークウッド）（Ⅰ68と131）という言葉を見ると、わたしにはもっと広い範囲を指しているように思われる。民族どうしを隔てる境界代わりの暗い森を指す古い伝説上の名前を、父がもっと明確な意味で使っていたのかどうか、わたしには分からない。しかし、アーサーの軍勢が「ライン川の河口から／数多（あまた）の国々を」（Ⅰ42-3）を征服しながら「ひたすら東へ東へと」（Ⅰ62）進軍したことと、暗黒森が「荒涼としていて、ひたすら高くなる、／人跡未踏の広大な山々に」（Ⅰ70－1）あったことから、軍勢はサクソン人の居住地域のはるか東まで来ていたようだ。このことは、クラドック卿の言葉「陛下が蛮族相手に荒涼とした東方で／戦をしている隙に」（Ⅰ153－4）によって強く裏づけられている。

さらに注目すべきは、巻Ⅰでアーサーの遠征が始まる39行目からクラドック卿が悪い知らせを持ってやってくるまでの約一〇〇行のあいだに、進攻軍によって異教徒の集落が破壊された場面は（Ⅰ61の「目の前の敵に向かって、通った後に戦火を残しながら」を除いて）次の一か所（Ⅰ41－3）しかないことだ。

異教徒の王たちの　館や神殿を
王の軍勢は攻め立て、　ライン川の河口から
数多（あまた）の国々を　征服しながら進軍した。

父はむしろ、嵐と氷に満ちた過酷な冬の世界を表現することに意識を向けていたようだ。そこでは「崩れかけた岩のあいだで大鴉（おおがらす）どもが鳴き」、「幽霊のような敵は恐ろしい声を上げながら」集まってくるほかに人はなく、狼の遠吠えが響いており、このおどろおどろしい世界で（以下、Ⅰ134－6）

　　恐怖が彼らの心を捕らえたが、
軍勢は影の世界で　得体の知れぬ災いに

備えて身構え、　誰も一言も発しなかった。

さらに、この大きな危険が差し迫っているという感覚は、アーサーの遠征を、きわめて深刻な結果をもたらしかねない、運命に逆らう英雄的な大きな賭けだと見る父の考えと対応している。遠征の目的は、詩では次のように記されている。

こうして時の流れを　押し戻し、
異教徒どもを平らげようと　王をかき立てた（Ⅰ5－6）

しかし、モルドレッド反逆の知らせを受け取った後のⅠ176－9では、こう語られる。

それが今や希望の絶頂から　真っ逆さまに転げ落ち、
王の心は、　一族の命運が尽き、
旧来の世界は　滅亡へ向かい、
時の流れは不利に　変わるとの予感を抱いた。

同様に、「包囲された町から最後に出撃するときのように」軍勢を率いているガウェインは、

没落していく世界の　守りであり砦であった。（I55）
さらに後には（II147-9）モルドレッドも、こう気づく。
時代は変わろうとしている。
西方は衰え始め、　一陣の風が
勢いを増す東方で起こっている。　世界は揺らいでいるのだ。

彼らが見た「時の流れ」に乗って近づいてくるものとは、ローマ帝国とローマ・キリスト教世界の崩壊だったに違いない。

『アーサー王の死』のこうした側面をどう解釈しようとも、アーサーによるヨーロッパ大陸への大遠征が、歴史に根拠がないという点ではジェフリー・オヴ・モンマスとその後継者たちが述べているローマ帝国への攻撃と大差ない。しかし、アーサー王伝説が生まれた歴史的状況、すなわち、五世紀にブリトン人がゲルマン人の侵略者に激しく抵抗したという史実にもっとよく合うように組み込まれているのは明らかだ。『アーサー王の死』では、敵かどうかを見分ける特徴として、敵は決まって異教徒とされている。例えば、アーサーがブリテンに帰国するという知らせをモルドレッドに持ってきたフリジア人の船長は、次のような最期を遂げる（II89-93）。

赤毛のラッドボッド、　恐れを知らぬ海賊にして、
信仰心深き者を憎む　異教徒であるラッドボッドは、
定めのとおりに死んだ。　その日の朝は暗かった。
人々は彼の死体を海に投げ捨て、　その魂を気にかけなかったため、
彼は今も寄る辺のないまま　海の中をさまよい歩いている。

彼は「地獄へ落ち」た（Ⅱ67）。つまり異教徒である蛮族たちは、同じ蛮族であるアングロサクソン人がイギリスを征服したときに持ち込んだ頭韻という韻律の中で、必然的な地獄落ちという目に遭っているのである。クラドック卿は、アーサー王に、龍をかたどった異教徒の船が無防備な浜辺に向かっていると報告する場面で「ブリテンで戦の風が激しく吹いているのです！」と言っている（Ⅰ160）。その五〇〇年後、『ビュルフトノスの帰還 The Homecoming of Beorhtnoth』でトルフトヘルムは、スカンディナヴィア人について語るときに、これと同じセリフを次のように繰り返している【傍点は引用者による。以下同】。

かくして代々太守を務めた一族の　最後の当主は倒れた。
その遠い祖先は　サクソン人の貴族であり、
古き歌によれば、　海を渡って
東方のアングルからやってきて、　戦という鉄床に

鋭い剣を振り下ろして　ウェールズ人を打ち破ったという。
彼らはここで領土を勝ち取り　王国を建て、
古き時代に　この島を征服した。
そして今また北方から　災いがやってくる。
ブリテンに向かって戦の風が　激しく吹いているのだ！

『アーサー王の死』の巻Ⅰで特に目立つ特徴に、モルドレッドに関する事柄がある。彼は物語の冒頭で、蛮族の地へ攻め込みたいというアーサー王の決意を「叛心」から支持する人物として描かれており、彼の次の言葉の裏には秘密の意図が隠されていた（Ⅰ27-9）。

そして神の嘉（よみ）するブリテン、　陛下の広大な王国は、
陛下のお帰りまで　わたしが無事に守りましょう。
我が忠心は陛下もご存知。

ジェフリー・オヴ・モンマスがこの件についてわずか一行しか割いていない（「彼はブリテン防衛の任を、甥のモルドレッドと王妃グウィネヴィアに委ねた」）のに対し、『頭韻詩アーサー王の死』では、王はその責務を異常なほど長々と説明している――そしてモルドレッドは、その責務は自分に任せず、アーサーとともに戦争へ行くのを許してほしいと懇願する（が、許されない）。その後の出来

事をにおわせる記述はまったくない。父の『アーサー王の死』では、ガウェイン卿はモルドレッドの「大胆な申し出に策略や裏切りが潜んでいる」とは思わなかった。なぜなら（I 36-8）

彼は戦を熱望しており、
何もしない安楽な日々に　円卓の騎士たちを
分裂させ離散させた　悪因があったと思っていた。

こうした言葉によって父は、「年代記的」伝承の作品とはまったく違う要素を物語に取り入れた。この数行後で（I 44-5）、ラーンスロットら数名の騎士がアーサーの遠征に同行しなかったことが述べられ、巻Iの終わり近くでは、アーサー王は、モルドレッド叛逆の知らせをクラドック卿から聞くと、ガウェイン卿を呼んで（I 180以降）、ラーンスロットら「バン一族の強い剣」の不在をどれほど強く悔やんでいるかを告げ、ラーンスロットの一族に使者を送って助けを求めるのが最善策だと考えた。これにガウェイン卿は強く反対した。

この個所は、このままではまったく理解不能であり、おそらく父は、読者が前提としてラーンスロットとグウィネヴィアの物語をある程度知っているものと期待していたのだろう。アーサーとラーンスロットが疎遠になった原因は、確かに父の詩の巻IIIで語られているが、非常に曖昧な形で示されているにすぎない。

中世アーサー王伝説には複数の「系統」つまり「流れ」があり、大きく分けて「疑似歴史的」つまり「年代記的」伝承と、フランス語の散文と韻文による「ブリテンの話材」の大々的な「騎士物語的」展開のふたつがある。こうした諸系統について説明するのは、本書でのわたしの意図から大きく外れることになる。そこで、ラーンスロットとグウィネヴィアの物語を父がどう扱ったか、その特徴を示すことに専念したいと思う。

すでに指摘したように、ジェフリー・オヴ・モンマスの『ブリテン列王史』にはラーンスロット卿についての記述はまったくない。『頭韻詩アーサー王の死』では、確かに何度か登場してはいるが、ほとんどの場合、円卓の騎士の主だった人物のひとりとして名前が出ているにすぎない[3]。ヴィナーヴァー教授は、マロリーの『自身皇帝でもあった気高いアーサー王の物語』（一〇七ページ参照）に彼が登場していることについて、次のように述べている。

マロリーの記述からは、ラーンスロットは単なる戦士であり、その心と精神の優れた資質は未来永劫すべて王に仕えるために使われるだろうという印象を受ける。［マロリーの物語の］読者は、これを読んでも、ラーンスロットがそもそもの初めから洗練された英雄だったとか、中世の物語には最初から宮廷での所作を完璧に身につけた人物として登場したとか、あるいは、クレティアン・ド・トロワ作『荷車の物語』[4]の主人公として世界的に有名になったとは思わないだろう。ラーンスロットは宮廷の騎士としてしか知られていなかったため、それ以前の英語作家たちにとっては、ほとんど魅力のない人物だった。彼らがアーサー王物語を英雄譚として扱うのに役立てたり活かしたりできる要素が、彼にはほぼ何ひとつなかったのである。［頭韻詩］『アーサー王の死』の作者は、きっとまさしくこのために、ラーンスロットを比較的重要でない立場に追いやったのだろう。マロリーの態度は、当初はこれとほぼ同じだった。彼の考えは、英語で書いた先達たちと同じように、人間の英雄的行為にまつわる問題に集中しており、宮廷での振る舞いという繊細な問題にはなかった。その後ラーンスロットを名誉ある地位に戻すため、マロリーは彼をクレティアンの「荷車の騎士」ではなく、『アーサー王の死』のガウェインのような本物の勇ましい英雄へと作り変えた。マロリーが『アーサーとルキウスの物語』を書いたとき、フランス語による伝説をどれほど多く直接的に利用できたか、わたしたちには分からない。確かなのは、当時の彼は何よりもまず英雄物語作家であり、冒険物語化された騎士の遍歴物語を模範としたり、その魅力を理解したりする気はなく、たとえしようと思ってもできなかっただろうということだ。フランス語の作品で描かれた大冒険は、まだ始まってもいなかった。

父の『アーサー王の死』におけるラーンスロットは、非常に暗示的に取り入れられており、「冒険物語化された騎士の遍歴物語」から出てきた理想的な人物などではないことはすぐに分かる。さらに、父が利用した物語の出典も不明ではない。フランス語の散文物語『アルチュールの死 Mort Artu』では、ラーンスロット卿と王妃グウィネヴィアの不倫の愛というテーマが、モルドレッドの叛逆とアーサー王の死というテーマと結びつけられた。『アルチュールの死』は、英語で書かれた一四世紀の詩『アーサー王の死 Le Morte Arthur』の典拠である。この詩は一般に（『頭韻詩アーサー王の死』と区別するため）『スタンザ詩アーサー王の死』と呼ばれ、八行を一スタンザとして書かれた四〇〇〇行弱の長い詩だ。サー・トマス・マロリーは、『アルチュールの死』とこの英語詩の両方を利用し、両者を丹念に比較・検討しながら物語の枠組みを作り、その内容にふさわしいタイトルを持った最後の作品『アーサー王の死 The Morte Arthur』を執筆したのである(5)。

*

『スタンザ詩アーサー王の死』とマロリーの『アーサー王の死の物語』

ここからはマロリーの物語を手短に説明するが、その前に『スタンザ詩アーサー王の死』から、最後の悲劇の冒頭部に当たる数スタンザを抜き出して、その雰囲気と形式を紹介したい。

実を言えば、時が至って、
騎士たちは部屋の中で立って語った。
その場にはガヘリートとガウェイン卿の両名と、
災いをよく知るモルドレイトがいた。
「ああ」と、アグラウェイン卿は言った。
「我らはどうして不実な者でいられようか、

湖の騎士ラーンスロットの裏切りを
いつまでも隠して秘密にしておけようか！

我らは確かによく知っている。
アーサー王は我らのおじに相違なく、
ラーンスロットが王妃と添い寝していることを。
彼は再び王を裏切っており、
そのことは宮廷中が皆知っているし、
毎日見聞きしている。
わたしの考えを言ってよいのであれば、
我らはこのことを王に告げるべきだ」

「我らはよく知っている」とガウェイン卿は言った。
「我らは王の一族であり、
ラーンスロットは大きな力を持っているので、
そうした言葉は言わずにおく方がよいことを。
おまえもよく知っているだろう、弟アグラウェインよ、
そんなことをすれば痛手を受けるだけであり、

隠して秘密にしておく方が
そのようにして戦と災いを始めるよりもよいであろうということを」(6)

この三スタンザに相当する最初の場面は、マロリーでは次のようになっている。

五月になると大きな怒りと不幸が訪れ、それはこの世界の騎士道の華が滅び殺されるまで終わらなかった。しかも、そのすべては破滅をもたらす二名の騎士に原因があった。そのふたりの名はアグラヴェイン卿とモルドレッド卿で、ふたりともガウェイン卿の兄弟であった。このためアグラヴェイン卿とモルドレッド卿は以前から王妃グウィネヴィアとラーンスロット卿をひそかに憎んでおり、昼も夜も絶えずラーンスロットを見張っていた。

その後に起きたことは、こうだ。ある日ガウェインと彼の弟たちであるアグラヴェイン、ガレス、ガへリス（以上の四人は、アーサーの姉モルゴースとロージアンの王ロットとの息子たちである）、それにモルドレッド（マロリーが採用した伝承では、アーサーとモルゴースが知らず知らずに犯した近親相姦で生まれた息子(7)）が、アーサー王の部屋に集まっていた。アグラヴェインは、「ラーンスロット卿が昼も夜も王妃と添い寝していること」は誰もが知っていると述べ、ラーンスロットの件を王に知らせるつもりだと言った。これに対してガウェインは、ラーンスロットを円卓の騎士の中で最も傑出した人物として敬愛しており、そんなことをしたら悲惨な争いが起こるかもしれないと危惧して強く反対し、ガレスとガヘリスも同じく反対した。激しい口論の後、アーサー王が入ってきたので三人は部屋を出ていき、王はどうしたのだと尋ねた。そこでアグラヴェインが説明すると、王は非常に困惑した。王は真実に薄々感づいていたものの、ラーンスロットのような立派な男を問い詰めることはしたくなかったのである。そのため王は、ラーンスロットを現場で押さえて動かぬ証拠が出てこぬ限り、わたしは何もするつもりはないと言った。

証拠を押さえるためアグラヴェインは罠を仕掛けようと提案をした。翌日王には狩猟に出かけてもらい、今夜は帰らないと王妃に伝えてもらうことにする。その上でアグラヴェインとモルドレッドは他の一二人の騎士とともに王妃の部屋へ行き、ラーンスロットを生死を問わず連れてくるという計画だ。しかし、事は思いどおりには進まなかった。ラーンスロットが王妃と一緒にいるところへ、一四人の騎士たちが押しかけ、扉の前でアグラヴェインとモルドレッドが大声で彼を裏切り者と呼んだ。ラーンスロットは鎧も武器も何ひとつなく、彼と王妃は窮地に陥った。そこでラーンスロットは部屋の扉の掛け金を外して、人ひとりがようやく入れる分だけ扉を開けた。コルグレヴァンス卿が中に入って剣で打ちかかったが、ラーンスロットは一撃で殴り殺した。そして死んだ相手の鎧を身につけると、残る騎士たちのあいだに跳び込んで、その身を傷つけることなく相手を皆殺しにした。殺された中には、ガウェインの息子ふたりと、弟アグラヴェインも含まれていたが、モルドレッドだけは、傷を負っただけで逃げ延びた。

王は、一部始終をモルドレッドから聞くと、多くの騎士がラーンスロットに味方するだろうから、これで円卓の騎士の結束は破れて二度と元には戻らぬだろうと予見した。しかしグウィネヴィアには「法の裁きを受け」させねばならず、王は王妃を火あぶり台へ連れていって火刑に処せと命じた。ガウェインはアーサーに、ラーンスロットが王妃の部屋へ行ったことには何のやましいこともないかもしれないと訴え、早まった決断は下さぬようにと熱心に説いたが、王の決意は固かった。王は、もしラーンスロットを捕らえたら屈辱的な死に方をさせると言い、ガウェイン卿に、おまえは弟と息子ふたりを殺されたのに、どうして悩んでいるのかと問うた。これに対してガウェインは、わたしは前もって彼らに危険だと警告していたし、彼らは自ら死を招いたのだと答えた。しかし王の気持ちは揺るがず、ガウェインに、弟のガレスとガヘリスともども、鎧を身につけて王妃を火あぶり台へ連れていけと命じた。このアーサー王の命令をガウェインは拒絶した。それではガレス卿とガヘリス卿を呼べと、王は言った。ふたりは命令を拒むことができず、王に、処刑場へ行くには行きますが、これはわたしどもの意志にまったく反することですと告げ、鎧をつけずに行きますと言った。するとガウェインは悲痛の涙を流し、「ああ、生き長らえて、この悲しい日を見ねばならぬとは！」と言った。

さてラーンスロットは、自分に味方し、王妃が死刑を宣告されたら救い出そうとの決意を助けてくれる騎士たちを、武装させて数多く引き連れ、それほど遠くない森で待機していた。これから王妃が処刑されるとの知らせが届くと、彼らは火刑が行なわれる場へ急行し、激しい戦闘が始まった。ラーンスロットは、抵抗する者をひとり残らず右に左にと切り倒す中で、「武装しておらず、いきなり現れた」男ふたりを、「彼は見もせずに」切り殺した。実はこのふたりはガウェインの弟ガレスとガヘリスで、ガウェインはガレスをとりわけ愛しており、ガレスはラーンスロットを敬愛していた。

ラーンスロットは、グウィネヴィアが立っている場所へ行き、自分の馬に乗せると自分の城「喜びの護り」へ連れていって、そこにとどまった。アーサー王は、一連の出来事を知ると悲しみのどん底に落ち、誰もガウェインに知らせてはならぬと命じた。

「なぜなら」と王は言った。「ガレス卿が死んだと聞いたら、彼はきっと気がおかしくなってしまうだろう」。「いったいどうして」と王は言った。「彼はガヘリス卿とガレス卿を殺したのだろう？　なぜなら、はっきり言おう、ガレス卿は、この世の誰よりもラーンスロット卿を慕っていたのに」

彼の弟たちの死は、史上最大の死闘を引き起こすことになるだろうと、王は言った。なぜならガウェインは当然ながらこの一件をすぐに知ったからである。そして彼はたちまちのうちに、ラーンスロットの献身的な友から不倶戴天の敵へと変わった。『スタンザ詩アーサー王の死』では、ガウェインはこう叫んでいる。

わたしと湖のラーンスロットを
休戦させて仲裁することのできる者は、
はっきり言って、この世にはひとりもいない。
我らのどちらか一方が相手を殺すまでは無理だ。

またマロリーの物語では、王に対してこう述べている。「わたしは神にかけて誓う、弟ガレス卿の仇を討つため、七つの王国をくまなく回ってラーンスロット卿を探し出す。その後はわたしが彼を殺すか、さもなくば彼がわたしを殺すだろう」

これに王はこう答えた。「それほど遠くまで探しに行く必要はあるまい。聞くところによると、ラーンスロット卿はわたしと我ら全員を『喜びの護り』という城で待ち受けているそうだ」

そして王はガウェイン卿に大軍を率いさせ、ともに「喜びの護り」を包囲した。ラーンスロット卿はいつまでたっても騎士たちを率いて城から出撃しなかったが、ついに城壁の上に姿を現し、下にいるアーサーとガウェインに向かって、ふたりの罵詈雑言に友好的な言葉で答えると、武器を取ってふたりと争うことは避けたい、とりわけ王とは戦いたくないと告げた。これまで数々の危険からふたりを救い出したことを語り、ガレス卿とガヘリス卿を殺してしまったのは故意のことではまったくなく、グウィネヴィアは完全に無実で、火刑から救出したのは正しいことだと訴えた。しかし、こうした言葉はどれも功を奏さず、「喜びの護り」で大規模な戦闘が始まった。戦闘中にラーンスロットは、アーサー王が「ラーンスロットを殺そうと常に迫っていた」にもかかわらず、王に打たれても決して打ち返そうとせず、王がボールス・ド・ガニス卿に打たれて落馬すると、助け起こして再び馬に乗せたほどであった。

激戦が二日間続き、ガウェインが負傷すると、両軍はいったん別れたが、戦況はラーンスロット軍の方が優勢になっていた。このときアーサー王の元にローマからの使節団が教皇教書を持ってやってきた。教書は王に、王妃の帰還を受け入れてラーンスロット卿と和睦するよう命じ、違反すればイングランド全土に聖務停止を言い渡すと警告していた。

ラーンスロットは、あらゆる手を尽くして教皇の命令を実現させようとした。グウィネヴィアを王の元へ返したが、ガウェインの恐ろしいほど容赦ない憎しみを和らげることはできなかった。結局、彼は国外追放となり、つらい気持ちで宮廷を去るとき、こう言ったとマロリーの物語に記されている。

最も気高いキリスト教国、わたしがほかのどの国よりも愛してきた国よ！　この国でわたしは自分の名誉の大半を手にしてきたのに、それが今やこのような形で去らねばならぬ。そもそもこの国に来たことが本当に悔やまれる。まさかこのように理由もなく不当に追放される憂き目に遭おうとは！　しかし運命は移ろいやすく、運命の紡ぎ車は動きやすく、いつまでも同じところにとどまってはいないものだ。

しかし、ガウェインはこう言った。

いいか、我々はすぐにお前の後を追い、お前のその首にかけて、お前の持っている中で最も堅固な城を打ち破ってやる！

『スタンザ詩アーサー王の死』では、ラーンスロットはフランスにある自分の所領では追撃しない

でほしいと求めたが、

するとガウェイン卿は言った。「ダメだ、
太陽と月をお作りになった神にかけて、
今までどおり準備を整えて待っていろ。
我々はすぐに追いかけていくからな」

それからラーンスロットはグウィネヴィアに別れを告げ、口づけすると、「皆に聞こえるように」こう言った。

「さあ、この場で、王妃様が我が君アーサー王に対して貞節でなかったなどと言うのは、どこのどいつだ。そんなことを言えるものなら言ってみろ」。そう言うと、王妃を王に渡し、ラーンスロット卿は別れを告げて立ち去った。（中略）そして「喜びの護り」に向かい、以後その場所を「悲しみの護り」と呼んだ。かくしてラーンスロット卿は宮廷から永遠に去った。

その後、多くの騎士を集めると、船に乗ってフランスへ向かった。ラーンスロット卿はバン王の息子であり、バン王がフランスで治めていた町と地域の名は、『スタンザ詩アーサー王の死』とマロリーでは「ベンウィック」（Benwick）、『アルチュールの死』では「ベノイック」（Benoic）とされている。円卓の騎士のうち何人かはラーンスロットの近親で、例えばエクトル・ド・マリス卿（ラーンスロットの弟）、ライオネル卿、ボールス・ド・ガニス卿、ブラモア・ド・ガニス卿などがそうであった（以上の名前は、父の『アーサー王の死』のⅠ44－5とⅢ131－2に列挙されている）。さて、こうした追放者たちの行き先はベンウィックだったわけだが、それがどこにあると考えられていたかは、わたしの知る限り、まだ明らかにはなっていない。マロリーは、物語のこの時点で「（彼らは）ベンウィックまで航海した。ベンウィックについては、これをバヤンだと言う者もいれば、ボーヌ・ワインの産地であるボーヌだと言う者もいる」と述べている。しかし、このような指摘は、ここ以外にはない。それにベンウィックは明らかに港であるから、大西洋から内陸に何百キロも入ったボーヌであるはずがない。また、バヤンがバイヨンヌだとすれば、位置があまりに南すぎる。

ベンウィックがどこであれ、ほどなくしてアーサー王と、何としてでも仇討ちを果たさんとするガウェイン卿は、先の脅し文句を実行へ移した。王は「モルドレッド卿を全イングランドの最高統治者とし、さらに王妃も彼の監督下に置いた」うえで、大軍を率いて海を渡り、ラーンロットの領地に火を放って破壊し始めた。ラーンスロットは、配下の騎士たちから「あなたが遠慮しているせいで、我らは全員、滅ぼされてしまいます」という声が出たものの、それでも和平を求めてアーサー王へ使者を送ったが、今度の返答も、王は「ラーンスロット卿と和解したがっていたが、ガウェイン卿がそれを許そうとしない」というものだった。やがてベンウィックの町は包囲され、城門にガウェインが現れて籠城側に大声で一騎打ちを挑んだ。ボールス卿とライオネル卿が次々に戦ったが、ふたりとも手ひどく倒されて負傷し、同様のことが数日続いた後に、とうとう渋々ながらラーンスロットが挑戦を受けることになった。

この戦争を描写したすべての場面で、ガウェイン卿は非常に独特な「恩恵」を受けていたとされている。その恩恵とは、正午に向かうにつれて彼の力は非常に強くなるが、正午を過ぎると弱まって元どおりになるという能力だ。ラーンスロットは、そういうことだと気づくと、前へ後ろへと身をかわしながらガウェインの攻撃を避けて時間を稼ぎ、ガウェインの力が弱くなり始めると、襲いかかって重傷を負わせた（ちなみに『アルチュールの死』には、ガウェインが回復するあいだ、アーサーはベンウィック包囲戦を離れてローマ遠征を実施し、皇帝ルキウスを殺害したという物語が書かれている。この展開をマロリーは当然ながら無視した。自分が書いたアーサー王と皇帝ルキウスの物語ですでに取り上げていたからである。一〇七ページ参照）。しかしガウェインが再び戦えるようになると、まったく同じことが繰り返され、ラーンスロットに前回の傷と同じ場所を打たれて今度も倒された。それでもガウェインの怒りは収まらず、三度目の一騎打ちの準備をしていたとき、イングランドから知らせが届き、アーサーはベンウィックの包囲を解いて帰国した。それはモルドレッドの謀叛を伝える知らせだった。それによると、モルドレッドは、アーサー王が戦いの最中にラーンスロットによって殺されたという内容の手紙を受け取ったと主張して、「会議を開く」と、カンタベリーで自ら王に即位し、グウィネヴィアと結婚すると宣言して、その日取りを決め、披露宴の準備を進めているという。

グウィネヴィアはモルドレッドに本心を隠していたが、やがてロンドンへ逃れてロンドン塔に立てこもった。モルドレッドは塔を攻めたが攻略できず、王妃は塔にとどまった。そのころにはアーサーが大船団を率いてドーヴァーに近づいており、モルドレッドはドーヴァーでアーサーを待ち構えることにした。

*

このような次第で、アーサー王の海外遠征自体は残ったが、そこに至る経緯は完全に別のものとなった。因果関係の長い連鎖の中で、王が（「ブリテン」ではなく）イングランドから出発する、そもそもの原因となったのは、ラーンスロットとグウィネヴィアの愛だった。アグラヴェインとモルドレッドの乱入をきっかけに、グウィネヴィアは火刑に処されることになり、そこから彼女をラーンスロットが救い出したが、その際にガレスとガヘリスを殺してしまい、そのためガウェインがラーンスロットに抱いていた敬愛の念は異常な憎しみへと変わり、ラーンスロットは国外追放されたものの、彼に復讐するためフランスにある彼の領土へ遠征が実施された。『頭韻詩アーサー王の死』と『スタンザ詩アーサー王の死』に代表される異なる伝承系統は、海外にいるアーサーの元へモルドレッドによる王位簒奪の知らせが届いた時点でようやくひとつになる。

比べてみると分かるように、父の『アーサー王の死』の巻Ⅲは、主として省略されているせいで、マロリーの『アーサー王の死の物語 Tale of the Death of Arthur』（および、『スタンザ詩アーサー王の死』）と多くの点でかなり異なっていることが分かる。父の詩では、ラーンスロットがガウェインの弟たちを殺したことが悲劇の展開で決定的に重要だったたことには、まったく触れていないし、古い物語には欠かせない要素だった、かつては敬愛していた友ラーンスロットにガウェインが抱く容赦ない憎しみも存在しない。巻Ⅲでガウェインが登場するのは、ラーンスロットの人物描写に続いて、彼を引き立たせるため明確に対比させる形で描写されている個所（Ⅲ29以降）と、ラーンスロットがベンウィックで「何里にもわたる海を／見ながら考え、不安な気持ちで／ひとり思いにふけって」いる場面でガウェインの栄光について述べる場面（Ⅲ177以降）だけである。しかし彼は、アーサー王帰国時の海戦まで物語ではなんの役割も演じていない。確かに巻Ⅰでガウェインは、「落ち着いた声でゆっくりと」、モルドレッドとの戦いに援軍としてラーンスロットとその一族を呼びたいというアーサーの考えに反対している（Ⅰ190以降）。しかし、ガウェインが反対したのは、「バン一族」の忠誠心に疑念を抱いていたからであり、その抑制した口調は、古い物語に見られるガウェインの抑えがたい怒りとは大きくかけ離れている。

父の『アーサー王の死』では、グウィネヴィアが火刑から救出されて以降の展開は、「遠くへ連れ去った。／人々は恐怖に襲われ、誰も後を追おうとはしなかった」（Ⅲ84-5）というわずかな言葉に縮約されている。アーサーとガウェインによる「喜びの護り」包囲と、そこでの激戦、王に対するラーンスロットの騎士道にかなった深い忠誠心、教皇の仲介等々の話は、すべてなくなっている。

巻Ⅲの回想シーンにおける、円卓の騎士の友情崩壊と、複雑に入り組んだラーンスロットの愛情と忠誠心という構想は、これによってはるかに単純なものに変えられている。ガウェインがいないので、深みがなくなっている。アーサー王とラーンスロット卿のあいだに大きく空いた深い溝は、もっと明確に記され、解消不可能となっている。このことは、一度ならず次のようにはっきりと述べられている。

彼は愛に溺れて　主君を裏切り、
愛を捨てても　主君の信頼を再び得ることはできず、
信義を破った男は　信義の誓いを拒絶され、
愛からは　何里もの海で隔てられた。
（Ⅲ15－8。3行目を除いて同じ文がⅢ140－2で繰り返される）

グウィネヴィアを火刑から救った一件は『アーサー王の死』でも重要なままだが、それはガレスとガヘリスが殺害されたからではない。そうではなく、ラーンスロットが後先を考えず現場に乱入するという狼藉を働いたものの、激怒した後でトゥーリン【トールキン『シルマリルの物語』の登場人物】のように冷静になると、後悔の念が強くなり、罪の意識にさいなまされて、自分が引き起こした騒動をなかったことにしようとしたからである。

彼は誇らしく思ったことを悔い、　友人たちを殺して
信義を破ってしまった　おのれの武勇を呪った。（Ⅲ90－1）

そして何より、「強い誓いを彼らは破った」（Ⅲ62）。彼は、グウィネヴィアを王の元へ戻して、王が王妃を許し、自分を再び受け入れてくれるよう求めなくてはならなかった。

『スタンザ詩アーサー王の死』にもマロリーの作品にも、この件についてグウィネヴィアがどう考え、どうしたいと思っていたかの記述はない。しかし『アーサー王の死』では、彼女の扱いはまったく違っている。父の作品では彼女の願望が分析され、王妃は心を入れ替えたラーンスロットを見ても、彼の不安を理解できず、好きになれない別人のように思ってしまう。それが「彼女は彼が／急にふさぎ込んで人が変わり、まるで別人のようだと思った」の一節（Ⅲ95－6）である。ほぼ同じ言葉がラーンスロットについても使われ、「彼は、彼女は人が変わって／まるで別人のようだと思った」と記されている。しかしラーンスロットの喪失感は、グウィネヴィアよりもはるかに大きかった。なぜなら「たとえ彼女が激怒して彼を捨て、同情を一切見せず、／憐れみを一切感じず、高慢で、蔑むように振る舞ったとしても、／それでも彼は彼女を深く愛していた」からである（Ⅲ166－8）。「キャメロットの宮廷で彼女は再び／高貴で栄光ある王妃になった」（Ⅲ113－4）。しかし、許しを請うたラーンスロットはアーサー王によって完全に拒絶され、追放されて他国でひそかに思い悩むことになった。一方アーサーは、心中では悲しんでおり、配下の騎士で最も優れた人物を、多くの騎士ともども失ったことを自覚していた。モルドレッドの謀叛の知らせが届いたときも、王はガウェインに向かって彼らの不在を嘆いているし（Ⅰ180以降）、ベンウィックに戻ったラーンスロットは、戦争が近づいているとの噂を聞くと、アーサーとグウィネヴィアへの矛盾する思いを心の中であれこれと考えた（Ⅲ143以降）。

ガウェインがいないので、彼がラーンスロットに復讐するため始めたベンウィック侵攻も、『アーサー王の死』から消えている。その後に再びアーサーが現れるのは、巻Ⅳでモルドレッドが海辺の岸壁で「帆船です、帆船が海の上で輝いています！」という叫び声（Ⅳ117）を聞く場面である。しかし、「ラーンスロットの物語」が回想シーンという形で巻Ⅲに入ってくる前に、完全にオリジナルな巻Ⅱが配置されている。巻Ⅱでは、海岸に打ち上げられた難破船の瀕死の船長が登場する。ラッドボッドという名の異教徒の海賊で、モルドレッドに雇われており、彼はモルドレッドに、クラドック卿が（巻Ⅰで語られているように）ブリテンを抜け出してアーサー王の後を追い、モルドレッドが謀叛を起こすつもりでいると警告しに行ったと報告し、すでにアーサーは急ぎブリテンに戻ろうとしていると告げた。息を引き取る前にラッドボッドはモルドレッドに、戦士と船の準備が熱心に進められているという緊迫した状況を説明した（Ⅱ76－89）。

しかし、『アーサー王の死』の巻Ⅱで最も注目すべき点は、迫りくる災厄の中で、モルドレッドがまったく新たに案出された人物として登場することである。

巻Ⅰでは、彼について、アーサー王の東方遠征を熱心に支持した裏には、今ではもう露見した秘密の邪悪な意図が隠されていたということしか語られていない。グウィネヴィアの名前も出てこない。彼と王妃の関係についてジェフリー・オヴ・モンマスは、アーサー王はローマ軍に勝利した後、王妃がモルドレッドと姦通しているとの知らせを受けたと言うだけである（一〇〇ページ参照）。『頭韻詩アーサー王の死』では（一〇七ページ参照）、クラドック卿がアーサーに「数々の悪行の中でも特に許しがたいことに、グウィネヴィアと結婚して子供をもうけた」と告げた。マロリーの語る物語では

（一二八ページ参照）、ベンウィックにいるアーサーの元に届けられた知らせは、モルドレッドがグウィネヴィアと結婚すると宣言したという内容だった。マロリーの文章では、続けて次のように記されている。

そして彼は祝宴の準備をさせ、結婚の日取りも決めた。そのため王妃グウィネヴィアは憂いに沈んだ。しかし本心を見せようとせず、優しい言葉遣いをして、モルドレッド卿の意志に従った。しばらくすると王妃はモルドレッド卿に、ロンドンへ行って婚礼に必要な品々を買い揃えたいと願い出た。王妃の優しい言葉遣いに、モルドレッド卿は信用して王妃を行かせた。王妃はロンドンに来ると、ロンドン塔を占領し、すぐさまできるだけ大急ぎであらゆる食料を塔に詰め込み、家臣たちでしっかりと守備を固めて塔に立てこもった。

『アーサー王の死』の巻Iでは、クラドック卿はグウィネヴィアについて何も言っていない。ところが巻IIでは、ラッドボッド船長が知らせを持ってくる前にモルドレッドは高い窓から外を見ているが、ラッドボッドの船を沈めた嵐には無関心だ（II 18－31）。なぜなら彼の心はグウィネヴィアへの情欲でいっぱいだったからである。そして、ラッドボッドの報告内容を聞き、「急ぎ使者たちを／北へ東へと知らせを持たせて」派遣すると、キャメロットへ向かった。グウィネヴィアは、この非常に邪悪な男が彼女の部屋を目指して階段を急ぎ昇ってくる足音を耳にした。その後の重大な会談で、モルドレッドは彼女に「奴隷としてか貴婦人としてか」「妻か囚人として」（II 154－5）わたしと一緒になれと、選択になっていない選択を迫った。グウィネヴィアは時間の猶予を求めたが、モルドレッドはほとんど許そうとせず、「花嫁となるか奴隷となるか、すぐに選べ！」と命じた。彼女はすぐに逃亡する決心をしたが――逃亡先はロンドン塔ではなかった。黒いマントに身を包んでひそかに脱出すると、次第に薄くなるキャメロットの明かりを後に、数人の従者だけを連れて西へ向かい、父親であるレオデグランス王の城を目指した。

巻Ⅱは、彼女がラーンスロットについて、戻ってきてくれるだろうかと思いを巡らす場面で終わる。巻Ⅳは、明るい朝を迎えたウェールズ国境で、モルドレッドが王妃を捕まえるため派遣した騎者たちが、彼女の足跡をすっかり見失う場面から始まる。

彼らは王妃を　冷たい憎しみを抱いて追っていたが、
人家のない岩場の中で　彼らの希望は潰え、
ウェールズの岩壁で　山々の脅威に押されて
飢えた目をして立ち止まった。

その後は、追跡失敗の知らせを従者のアイヴァーがモルドレッドに知らせるが、タイミングの悪い助言もして主君を怒らせてしまう。モルドレッドは、ロメリル（ケント州ロムニー）を見下ろす岸壁に設営した陣地に立って、船影のない海を見つめながら、グウィネヴィアがラーンスロットに使者を送り、「愛を思い起こさせ、／難儀しているので助けてほしいと訴えた」（Ⅳ95‐6）のではないかと危惧していた。そしてついにアーサーの船団の帆が見えた。

ここで、後の時代にイングランドでマロリーの最後の作品『アーサー王の死の物語』によって知られるようになった伝承を、この時点まで父がどのように扱い、どのように改変したかを振り返っておこうと思う。

父は、アーサー王の海外東征という「年代記的」伝承を残したが、その性質と目的はすっかり変えた。アーサーは「ローマ」を守るのであって、攻撃するのではない。

モルドレッドの叛逆と王位簒奪、およびグウィネヴィアへの情欲は保持したが、その内面描写を深く掘り下げた。

ラーンスロットとグウィネヴィアの「騎士物語的」伝承（「年代記的」伝承ではまったく知られていなかった）を、（回想シーンとして）取り入れたが、フランス語の『アルチュールの死』に由来し、英語による『スタンザ詩アーサー王の死』とマロリーの最後の物語に見られる複雑な動機を、ガウェインの役割を削除することによって、大幅に簡略化した。グウィネヴィアが火刑を言い渡されてラーンスロットに救出される場面は残したが、ラーンスロットが国外追放になるのは王妃との関係に対する罰としてであり、ガウェインが弟ガレスを殺されて彼を憎むようになったからではない。ラーンスロットはベンウィックへ追放されたが、グウィネヴィアは再びアーサーに寵愛されるようになった。

アーサーとガウェインによるベンウィック攻撃はすべて削除され、モルドレッド叛逆の知らせをアーサーが受け取るのは、ベンウィックではなく、はるか東方の地に変更されている。

＊

マロリーの『アーサー王の死の物語』(その二)

ここからは、マロリーの最後の作品の結末部について、わたしが解説を中断した、アーサーの船がドーヴァーに近づき、それをモルドレッドが待ち構えている場面(一二九ページ)に戻って、概略を述べることにしたい。マロリーは、この個所以降、物語の細部を英語詩『スタンザ詩アーサー王の死』に大きく依存している。

アーサー軍は海岸から攻め上がり、多くの血を流しながらモルドレッド軍を壊走させた。しかし、ガウェイン卿が船の中で「半死半生で」横たわっているのが発見された。彼はアーサー王に向かって、わたしは自分の傲慢さと強情さのため自ら死を招いたのです、ベンウィックでラーンスロットに加えられた古傷の上を打たれたのですからと言い、わたしのせいで陛下はこの耐えがたい不幸に見舞われていると告げて、さらにこう付け加えた。

なぜなら、もしあの気高い騎士ラーンスロット卿が、昔と同じように陛下のお側にいたら、この不幸な戦は決して起こらなかったでしょうから。(中略)ああ、陛下はラーンスロット卿がいないのを無念に思われることでしょう。それなのに、ああ、わたしは彼と和解しようとしなかった！

そして死ぬ前に紙とペンを求め、ラーンスロットに、急ぎ戻ってアーサー王がモルドレッドと戦うのを助けてほしいと訴える手紙を書いた。

ガウェインはドーヴァー城の礼拝堂に埋葬された。一方のモルドレッドは、カンタベリーから数キロにあるケント州のダラム丘陵まで撤退し、アーサーはその地で彼と激突した。この戦いは、モルドレッドがカンタベリーへ敗走して終わった。そこでアーサーは西方のソールズベリー平原へ兵を引き、両軍は次の戦闘の準備を整えた。ところがアーサー王の夢にガウェイン卿が現れ、わたしは陛下に警告するため神から遣わされましたと言い、次の戦いは一か月待ってください、一月後にはラーンスロット卿が配下の騎士を全員連れてフランスからやってくるでしょうからと告げた。そこでモルドレッドと一か月の休戦協定が話し合われたが、裏切られるとの勘違いから休戦は破れ、続けて最大となる三度目の激戦が始まった。戦いは日が沈むまで丸一日続き、最後には、戦死者が累々と並ぶ中で立っているのは、一方ではアーサー王とベディヴィア卿とルーカン卿、もう一方はモルドレッドのみとなった。アーサーが「死者の山の中で剣に寄りかかって立っている」モルドレッドの姿を目にすると、両者は駆け寄り、アーサーは手にした槍でモルドレッドを突き刺した。致命傷を受けたと悟ったモルドレッドは、最後の力を振り絞って「剣を両手で握ると、父親であるアーサー王の頭の横を打ち、剣は兜を突き破った」。そしてモルドレッドは「地面に勢いよく倒れて完全に死んだ」。

ベディヴィア卿とルーカン卿は、自分たちも重傷を負っていたが、王を「海から遠くない小さな礼拝堂」へ運んだ。戦場から、野盗たちが集まってきて戦死者を身ぐるみ剥いでいる騒ぎ声が聞こえてきたので、ふたりの騎士は、王をもっと遠い所へ運んだ方がいいと考え、移動し始めたが、その途中でルーカン卿が、傷のせいで倒れて死んだ。そこでアーサーはベディヴィアに、自分の剣エクスカリバーを持っていって「水辺の向こう」へ投じ、帰ってきたら、そこで見たことを報告してくれと命じた。ベディヴィアは二度、水辺へ行ったが、いずれのときも命じられたとおりにやったと偽りの報告をした。しかしアーサー王は二度とも、お前は嘘をついていると言って怒った。三たびベディヴィアは「水辺へ」行き、戻ってくると、正直に、剣をできるだけ遠くに投げたところ、水中から腕が一本出てきて、剣をつかんで振り回すと、そのまま沈んで消えてしまったと報告した。

それからベディヴィアは、王に命じられるまま、王を背負って水辺へ行くと、「岸のすぐ近くで小さな船が待っており、船には美しい貴婦人が大勢乗っていて、そのうちのひとりは女王であった」。この女王は、アーサーの姉モルガン・ラ・フェ(モルガン・ル・フェ)だった。ベディヴィアがアーサーを船に乗せると、モルガンは(『スタンザ詩アーサー王の死』の言葉を踏まえて)「ああ、いとしい弟よ! どうしてもっと早くわたしのところへ来なかったのです? ああ、あなたの頭の傷は、すっかり冷え切っている!」と言った。やがて船が出発すると、ベディヴィアは王に向かって、これからわたしはどうすればいいのでしょうかと大声で尋ねた。王はこう答えた。

自分を励まし、できるだけのことをやるのだ。もはやわたしに頼っても応えてやることはできない。わたしはアヴィリオンの谷へ行って、この重い傷を癒さねばならぬ。そして、二度とわたしの噂を耳にしなくなったら、わたしの魂のために祈ってくれ！

翌日、ベディヴィアは放浪の途中で「礼拝堂と隠者の庵」を見つけ、そこに新しく掘られたばかりの墓があるのに気づいた。この墓について隠者に尋ねると、真夜中に「大勢の貴婦人たち」が遺体を持ってやってきて、埋葬してほしいと頼んだのだという（これについては一七三～四ページ参照）。その後ベディヴィアは、「グラッシングビリー［サマセット州グラストンベリー］の近く」にあった、その庵にとどまって、隠者とともに「祈りと節食と、厳しい禁欲の」生活を送った。一方、グウィネヴィアは一部始終を知ると「ひそかに抜け出し」てアミスビリー（ウィルトシャー州エイムズベリー）へ行き、そこで尼僧になった。

以来、誰ひとりとして彼女を楽しませることはできず、彼女は節食と祈りと喜捨の生活を送り、貞淑な女性に変わったことに、あらゆる人々が驚いた。

ベンウィックにいたラーンスロットは、イングランドでの出来事を知り、ガウェインの手紙を受け取ると、大急ぎで大軍を集め、海を渡ってドーヴァーへ向かった。しかし到着してみて、間に合わなかったと知った。悲しみに暮れながら、ドーヴァー城の礼拝堂にあったガウェインの墓に祈りを捧げると、馬に乗って西へ向かい、グウィネヴィアが尼僧になった修道院へやってきた。彼の姿を再び見ると、彼女は気絶したが、気がつくと、集まった尼僧たちに向かって、ラーンスロットのいる前でこう言った。

まさにこの人とわたしのせいで、この戦がすべて起こり、この世で最も気高い騎士たちが死んだのです。わたしたちが愛し合ったせいで、誰よりも気高いわたしの夫が殺されたのです。ですから、ラーンスロット卿、どうかご理解ください、わたしは自分の魂を清めるために、このような境遇に身を置いたのです。

ふたりのやりとりを短く簡潔にまとめることはできないが、言葉を交わすあいだも彼女は意志を固く持ち、彼に「どうか最後にもう一度だけ、わたしに口づけを」と言われても断った。そうしてふたりは別れたが、「ふたりの悲しみを見て涙を流さないような、そんな冷酷な心を持った人間はいなかった。ふたりは槍で刺されたような悲しみ様であった」

ラーンスロットは、エイムズベリーを離れた後、ベディヴィアが住む庵に行きつき、そこにとどまって同じ生活を送った。他の円卓の騎士たちもやってきて共同生活に加わり、六年後にラーンスロットは司祭になった。ある晩、彼は幻視を見た。その中で彼は、エイムズベリーへ行けと命じられ、向こうに着けばグウィネヴィアが亡くなっているので、彼女をアーサー王の隣に埋葬しなくてはならないと告げられた。ラーンスロットは仲間たちとともに徒歩で「グラスティンベリーからアルミスベリーへ、三〇マイルを少し超える距離を」歩いたが、到着に二日かかった。贖罪と節食の生活を送っていたため体が弱くなっていたからである。エイムズベリーに到着すると、グウィネヴィアがわずか半時間前に亡くなったばかりだと知らされた。そして一行は、彼女がラーンスロットについて次のように言っていたと告げられた。

「わたしの亡骸を引き取りに、できるだけ急いでこちらへ向かっておいでです。そしてわたしの夫アーサー王の隣にわたしを埋葬してくださるでしょう」。そして王妃は全員に聞かせるように、こう言った。「全能の神さまにお頼みします。どうかわたしが、生きたまま、この目でラーンスロット卿を見ることが決してありませんように！」

そうした次第でグウィネヴィアは、グラストンベリー近郊の礼拝堂へ運ばれ、そこに埋葬された。それ以降、ラーンスロットはほとんど飲み食いをせず、そのため「やつれ、衰えていった」。そしてほどなくして死んだ。その遺体は、彼の希望に従い、一五日かけて「喜びの護り」へ運ばれ、そこの礼拝堂の内陣に埋葬された。

*

『頭韻詩アーサー王の死』(その二)

アーサー王の船団の帆が海岸から見えた時点から、父は『スタンザ詩アーサー王の死』とマロリーの『アーサー王の死の物語』で英語に組み込まれた伝承から離れ、『頭韻詩アーサー王の死』に依拠して詩を書いたわけだが、わたしは『頭韻詩』の方の説明を、アーサーがクラドック卿から、モルドレッドが謀叛を起こしてグウィネヴィアと結婚したと知らされた時点で中断させていた(一〇七ページ)。『スタンザ詩アーサー王の死』とマロリーの作品では、アーサーが帰還するとき海戦は起こらないが、『頭韻詩』では、クラドック卿がもたらした悪い知らせには、次のように、モルドレッドがアーサーを撃退するため船団を組織したことも含まれていた(一〇六~七ページ)。

海に面したサザンプトンに　一四〇艘の船があり、
外国から来た　外国人たちが大勢乗っています。

この詩の作者は、アーサーがどれほど急いで帰還したかを、数行を使って次のように記している。

向きを変えてトスカナを抜けると、　ほとんど停止することはなく、
ロンバルディアでは明かりが消えても　明かりをともさず、
まったく驚くべき速さで　山を越えて進軍した。

「そして一五日以内に船団が集まった」（父の『アーサー王の死』Ⅱ76-88では、ラッドボッドがアーサーの準備状況を詳しくモルドレッドに説明している。）

その後『頭韻詩アーサー王の死』では、数百行を割いて、その後の激しい海戦の推移を描いており、その描写は中世の英文学では他に匹敵するものがない。すさまじい勢いで言葉が並び、戦いの雄叫びが上がるなか、木材が裂け、船と船とが激しくぶつかり、ラッパが吹き鳴らされ、矢が飛び交い、マストが倒れる様子を（言葉の意味だけでなく、その形や組み合わせによっても）表現している。

この詩から、父はアーサー帰国時のケント沖での大海戦の描写を生み出した。「年代記的」伝承に属する初期の作品では、アーサーの船団が来たとき激戦が起こっているが、それは海から攻め寄せようとする軍と、そうはさせじと岸壁を守るモルドレッド軍との戦いだった。ラヤモンの『ブルート』（一〇〇ページと一七九ページ参照）では、これはもっと分かりやすくなっており、この詩の一節を念頭に置いて父が海戦を書いたことは、『ブルート』に、アーサーが「船乗りたちにわたしをロメレル（Romerel）へ連れていけと命じた」という個所があることから分かるし、ここから父は「ロメリル」（Romeril）（ケント州ロムニー。一三五ページに既出）という名を取っている。

父の『アーサー王の死』の海戦には、次の行（Ⅳ180-2）のように、『頭韻詩アーサー王の死』と確かに呼応している個所がある。

船首が舷側にぶつかった。　木材が割れた。
鉄のぶつかる音と、　戦斧の激突する音がした。

槍と兜が　火花を散らして砕け散った。

しかし、『頭韻詩』の勝ち誇って意気揚々とした調子の痕跡は、当然ながら何ひとつない。例えば『頭韻詩』には、「我が軍の」諸侯たちが、モルドレッドの船に乗る外国人たちが恐怖のあまり海に飛び込むのを見て大笑いする場面がある（「外国の者たちが海に飛び込むと、／我らの軍の諸侯たちは大声で一斉に笑った」）。

ここで『頭韻詩アーサー王の死』の結末部を、一部は大幅に縮約しながら、簡単に説明するのがよいと思う。

船と船との戦いには勝利したが、「しかし裏切り者は、百戦錬磨の騎士たちとともに陸上に」いて、進攻軍が敵前上陸を強行しようとするのを待ち構えていた。だが、王は上陸を実施できなかった。すでに潮が引き、海岸にはぬかるんだ大きな水たまりがいくつもできていたからである。しかしガウェインは一艘のガレー船（大型の無甲板船）を動かして、一握りの集団とともに上陸し、黄金の衣装を着たまま腰まで水につかりながら（「黄金に輝く衣装をすべて着たまま、帯まで沈む」）急いで砂地を進むと、一同は立ちはだかるモルドレッドの大軍に襲いかかった。ガウェインはゴトランドの王を倒すと、「恥を知れ、この悪党め、よくも裏切ったな！」と叫びながら、「モンタギュー家など偉大な諸侯たちの集う大軍の中にいる」モルドレッドを目指した。しかし、彼とその部隊は敵軍に包囲され、その数の多さになすすべもなかった（「我らは四方をサラセン人に囲まれた！」）。

するとガウェインは、正気をなくしたような無謀な行動に出た。その様子を詩の作者は、「彼の知恵はすべて消えた」「無謀で狂った者のように」「彼は心が残忍になって逆上した」「野獣のように狂って」などと繰り返し語っている。ついにモルドレッドと一騎打ちをするが、手ひどく敗れ、兜を割られた一撃で倒れて死んだ。ガウェインの様子を見ていたフリースランド王フレデリックは、モルドレッドにこう尋ねた。

これはいかなる者だったのか？　色鮮やかな鎧をつけ、
この黄金のグリフォンを付けながら、　うつぶせに倒れている、この者は？

モルドレッドは、ガウェインという者だと言うと、彼を次のように高く褒め称えた。

「（前略）王よ、もしもあなたが　彼が生きていたこの国で
彼の力量、彼の騎士気質、　彼の情け深い仕事、
彼の行為、彼の勇敢さ、　彼の戦場働きを知っていたら、
あなたは残りの人生を　彼の死を嘆いて過ごすことになるでしょう！」
　そして、この裏切り者はすぐさま　涙を落とし、
ただちに顔をそむけると、　それ以上は何も語らず、
涙を流しながら立ち去り、　時代を呪った。

自分の運命が　このような悲しみを生み出すよう定められたことを呪った。

「自分の悲しむべき行為すべてを後悔しながら」彼は西へと兵を引いてコーンウォールへ行き、タンビール川（テーマー川）のそばに天幕を張った。そこからヨークにいるグウィネヴィアへ使者を遣わして、何があったかをすべて説明し、「子供を連れて」アイルランドへ逃げるよう指示した。しかし彼女は、深く落胆してヨークを出発すると、カーリーオンへ行って、そこで尼僧になり、

その地でキリストのため　修道服を求めたが、
それはすべて、偽りと裏切りと、　夫への恐怖のためだった！

一方、アーサーはガウェインが多くの騎士を引き連れて狂ったように船から飛び出したのを見ていたので、戦場を探したところ、彼が「色鮮やかな鎧姿で、草をつかみ、うつぶせになって倒れて」死んでいるのを見つけた。あまりの悲しみから、王はガウェインの死を心から嘆く哀悼の言葉を口にした。（これについては一五九～一六一ページ参照）、その後、彼の遺体はウィンチェスターの修道院に運ばれた。アーサーは、モルドレッドを追撃する前にしばらくウィンチェスターにとどまって軍勢を集めた方がよいと進言されたが、王は聞く耳を持たず、モルドレッドへの憎しみを激しい言葉で語ると、「わたしの家臣を殺した異教徒どもを追撃する」と宣言した。そしてただちにウィンチェスターを出発して西の方コーンウォールへ行くと、森に陣を張っていたモルドレッド軍と遭遇した。戦いを挑まれた

モルドレッドの大軍は、数でアーサー軍をはるかに上回っていたので、森から出てきた。
こうしてカムランの戦いが始まった（ただし、この詩にはカムランという地名は出てこない）。「勇敢なブリトン人」が、「恐ろしい武器を持ったピクト人と異教徒たち」や「アーガイルの巨人たちやアイルランドの王たち」といった敵を相手に繰り広げる激しい死闘が、個々の戦闘をいくつも交えながら、約二〇〇行にわたって語られる。倒れた騎士の多くは名前が挙げられており、その中には、マラック、メネドゥーク、エラック（以上はすべて父の『アーサー王の死』I 48-9に登場する）のほか、ラーンスロットも含まれていた（彼の登場とカムランでの死については、一一六〜七ページを参照）。戦いの決着は、モルドレッドとアーサーの死闘でつけられることとなり、互いに激しく剣を突く様子が生き生きと描写される。アーサーは致命傷を受けるが、愛剣カリバーンを振るって、モルドレッドが剣を握っていた手を切り落とし、草の上に倒れたところを剣で突き刺した。
しかし王はまだ生きていた。

そして彼らは王の命令を受けて　ただちに集まり、
グラストンベリーへ　最短の道で向かった。
アヴァロン島に入ると、　アーサーは晴れ晴れとした顔となり、
そこにあった屋敷に行った。　それ以上進めなかったからである。

サレルノ出身の外科医は王の傷を診察したが、王はもう自分は治らないと思った。死の床で彼は、

モルドレッドの子供たちは殺して溺死させよと命じ(「邪悪な草は、この地上に増やしても繁茂させてもならぬ」)、最後にグウィネヴィアについて、こう語った。

わたしはすべての罪を許す。　天国におられるキリストの愛にかけて！
もしグウィネヴィアが幸福だったのなら、　これからも彼女に幸福が訪れますように！

アーサー王はグラストンベリーに埋葬され、この埋葬で『頭韻詩アーサー王の死』は終わる。

このようにしてアーサー王は身まかったと　権威ある著述家たちは述べている。
これが、ヘクトルの血を受け継ぐ者にして、　トロイアの王子であり、
プリアモス王の子孫であった、　地上で称えられたアーサー王の最期であった。
トロイアの地から彼の勇気ある先祖たち全員が　ブリトン人を
この広大なブリテンへ連れてきたと　『ブルート』は語っている(8)。

父は、アーサーが海戦で勝利を収め、ロメリル沖に停泊する船から自分の国を見つめながら、これが最善の策かと迷う場面で、『アーサー王の死』の執筆を中断した。父が執筆を断念した作品は数々あるが、その中でも、これはわたしが思うに最も惜しまれるもののひとつである。

＊

〈注〉

(1) この二編を含む、いくつかの詩に出てくる「ブルート／ブリュ」(Brut) という名は、ジェフリー・オヴ・モンマスが非常に精緻に仕上げた古い物語に由来している。その物語によると、トロイアのアエネイアスの孫（または曾孫）のブルトゥス (Brutus) という人物が、非常にすばらしい島アルビオンに人間として初めて上陸し（それまでは「数名の巨人」しか住んでいなかった)、自分の名前にちなんで島を「ブリテン」(Britain) と名づけ、仲間を「ブリトン人」(Briton) と呼んだのだという。そのため『サー・ガウェインと緑の騎士』の冒頭部には、次のような一節がある。それを父の翻訳で示そう。

フェリクス・ブルトゥスは、はるかフランスの先の海をこえ、数多くの丘や岸辺に町や村をつくった。ここに美しいブリテンの国がうち建てられた【『サー・ガウェインと緑の騎士』(山本史郎訳、原書房、二〇〇三年) より訳文引用】。

(2) 父が使っていたのは、エドマンド・ブロックが校訂し、初期英語文献協会が一八七一年に出版した版だった。これを父は一九一九年九月に入手しており、わたしも本書での引用ではこの版を用いた。

(3) 実に奇妙なことに、ラーンスロットは皇帝ルキウスの殺害者とされているが、そこから一〇〇行ほど後でルキウスはアーサー王によって再び殺される（一〇三ページで引用した韻文を参照)。

(4) これは、後に一二世紀フランスの詩人クレティアン・ド・トロワが書いた物語『ランスロLancelot』、別名『荷車の騎士Le Chevalier de la Charette』のことである。題名は、物語中で起こった次の事件に由来している。王妃グウィネヴィアとひそかに激しく愛し合っていたラーンスロット(ランスロ)は、メレアガン王子の領地で捕らわれの身となっている王妃を救いに出かけた。途中で馬を失ったラーンスロットは、荷車を引く小人から、重大な務めを果たせるよう荷車に乗せてあげようと言われ、その申し出を受けた。しかし、その荷車は、罪人を公開処刑の場まで運んでいくのに使う護送車だった。つまりラーンスロットは、グウィネヴィアのために、宮廷の人々からこの上ない不名誉と恥辱を受ける覚悟をしたのである。ただし彼は、この名折れとなる荷車に乗りこむ前に一瞬躊躇しており、そのことを、彼の崇敬するグウィネヴィアから、宮廷風恋愛の作法を完璧に守れなかったとして責められた。

(5) マロリーはこの物語を、次の言葉で終えている。「これでアーサー王と、その気高い円卓の騎士たちの物語はすべて終わる。(中略)そして、アーサー王の死の物語もこれで終わる」。ウィリアム・キャクストンは、この最後の文をマロリーのアーサー王物語集全体を指すものと解釈し、一四八五年版のテキストを「かくして、『アーサー王の死』と題する、この気高く喜びにあふれる物語は終わる」という言葉で締めくくった。

(6) 最初のスタンザにあるガヘリート(Gaheriet)は、ガウェインの弟ガレス(Gareth)のことで、『アルチュールの死』と『スタンザ詩アーサー王の死』では「ガヘリート」という形が使われている。マロリーの作品と父の『アーサー王の死』(Ⅲ82)では「ガレス」となっている。

(7) そのため『スタンザ詩アーサー王の死』では、こう述べられている。
あの不実な裏切り者モルドレイド卿は
王の姉の息子であり、
同時に王自身の息子でもあったと、わたしは語る。

(8) 『ブルート』については一五〇ページの注(1)を参照。

詩の未完部分と、その『シルマリルの物語』との関係

詩の未完部分と、その『シルマリルの物語』との関係

『アーサー王の死』が途中で終わっていることは、この詩の続きや結末について父がどう考え、どうしようと思っていたかを示す長短さまざまな手書きのメモが存在していることから、明らかである。そうしたメモの中には、内容がきわめて面白く、かつ、きわめて興味をそそられるものもある。また、続きの韻文を記した断片もあるが、そのほとんどすべては殴り書きされていて、確信をもって解釈することのできないものばかりだ。こうした文書のひとつに、完成稿の最後の場面に続く話の概要を記したものがある。この最後の場面で、アーサーは岸壁への攻撃の難しさと成否について思い悩み、ガウェインに、次の衝突を先延ばしにし、「風と潮流に身を任せて」海岸沿いに西へ航行し、「別の上陸地点に」向かうのが最善ではないかとの考えを伝えた（V 61-3）。

わたしは、この続きを記した概要を次に掲載することにした。間違いなくこの詩の最後の一節と同じ時期に書かれたもので、全体の分量は一ページそこそこで、手書きはやや読みにくいが、父の最もひどい手書きに比べれば、それほどでもない。分かりやすくするため、短縮形は元に戻し、細かな点を修正してある。

協議。アーサーは配下の騎士たちを危険にさらしたくない。ガウェインを呼び、船団を西に向け、風と潮流に乗って海峡を西へ移動し、別の上陸地点へ行こうと提案する――モルドレッドが全力で追いかけてくる前に、海岸は上陸しづらいが住民は友好的なコーンウォールか、美しいライオネスへ行こうと提案する(1)。

しかしガウェインは、我らはモルドレッドをただちに攻撃する計画だったと言う。彼はあそこにいる。遅かれ早かれ我らは彼を攻撃しなければならない。一日が過ぎるごとに相手の勢力は増し、東方は［?.異教徒］に対して無防備なままとなる(2)。

彼らは日が沈むまで見つめる。ガウェインは怒りに震えながら見つめていた。［（余白に書き込み）アーサーは出発を主張する］　太陽が西に傾くと潮の流れが再び変わる。ガウェインは親友らとともに灯台船に飛び乗り、あえて従った者たち全員に命じて、船を櫂で漕いで白い砂浜へ乗り上げさせる。ガウェインは船から飛び降りると、雨のように降りかかる矢を受けながら海辺を歩いて上陸し、川筋をさかのぼって崖の頂上に至る道を勝ち取ろうとする。モルドレッドが兵士たちを煽る。その日ガウェインは、弟たちであるガヘリスとガレスおよび硬い手のアグラヴェインたちがいないのを悔やむ(3)。

しかし彼は多くの者たちを殺し、……高い場所に立っていた者たちと同じ高さになる。彼は頂上に着き、大勢が後を追っていたが、一緒にたどり着いた者はほとんどいない。頂上で彼はモルドレッドを目指して進む。ふたりは戦い、ガウェインは［？・？・力が弱くなる］。太陽は、彼の左側で沈もうとしている［（上に書き込み）彼の盾を照らす］。赤い光が彼の盾に当たり、［盾に描かれた］グリフォンを照らし出す。ガルース［ガウェインの剣］がモルドレッドの兜を割り、彼は倒れて味方の中に戻るが、アイヴァーから［弓を］奪うと、振り向きざまにガウェインの胸を射抜く。ガウェインは倒れ、アーサーの名を呼ぶ。ガウェインの従者ゲリンがアイヴァーを殺し、ガウェインの一党が激しく攻め立てて崖の頂上を確保すると、ガウェインの周りに立ってアーサー軍が［？・？・押し寄せて］来るのを待つ。アーサーが来るとガウェインは死に、太陽はライオネスの彼方に沈む。

以上でこの概要は終わる。もうひとつ、明らかに少し早い時期に書かれたと思われる、巻Ⅳの冒頭から詩の結末までの全体の展開を示した文書がある。ただし、アーサーがガウェインの死を悼む場面以降は、一枚の紙の裏表に急いで書きつけたメモに（執筆時期は不明だが、もし前掲の概要と同じ時期に書かれたとすれば）格下げされており、これ以外に、本詩の残りの部分に関する父の考えを知る手がかりは何ひとつない。

明るい太陽がブリテンを照らす。モルドレッドの部下たちはグウィネヴィアを探して森を捜索しているが、見つけることができない。彼は、レオデグランスの領地（ウェールズのカミリアード）

へ部下を遣わす一方、東へ行って、サクソン人とフリジア人を加えて大軍を集める。南から心地よい風が吹き、海は白い崖の下で穏やかな緑色をしていた。モルドレッドは崖の頂上や丘にいくつも烽火台を建てさせ、アーサーがどの地点に来ても大軍を集結できるようにしておいた。

アーサーの船が近づいてくるのが見える。腕に幼子を抱いた白い貴婦人の図が、アーサーの旗である。アーサーの船の前を、黄金のグリフィンの旗を掲げた大きな白い船が進んでいる。帆には太陽が刺繍されている。あれはガウェインだ。それでもモルドレッドは躊躇し、烽火を上げさせようとはしない。なぜなら彼は内心、もしラーンスロットとバンの一族が船団に加わっていたら、軍を引いて和睦しようと思っていたからだ。たとえラーンスロットを憎んでいたとしても、それ以上に今では彼を恐れていた。しかし、黒地に白い百合のラーンスロットの旗は見えなかった。ラーンスロットは王妃からの招集を待っていたからだ。そこでついに烽火が上げられ、モルドレッドの軍勢は海岸を固めた。かくしてアーサーはロメリルへやってきた。

ロメリルの前に並んでいたサクソン人の船は、駆逐されるか、火をかけられて沈むかしたが、それでもアーサーは上陸できず、海上にとどまっていた。そこでガウェインは自分の船ウィンゲロット(?)(4)と家臣たちの船とを突撃させて白い浜辺に乗り上げるが、その白い浜辺はすぐに赤く染まる。戦いは激しい。ガウェインは船から飛び出すと、海辺を歩いて上陸する。彼の黄色い髪が、黒い敵たちより一段と高い所に見える。彼はゴトランドの王を殺し、剣を振り回しながらモルドレッドの旗を目指す。ガウェインとモルドレッドの一騎打ち。モルドレッドは撃退されれるが、従者から弓を奪うと振り向きざまにガウェインを射る。[(余白に書き込み) モルドレッドはアイヴァーに救われる。」

ガウェインは海辺で倒れ、アーサーの名を呼びながら死ぬ。一方、ガウェインの配下たちの猛攻で海岸から敵が駆逐され、アーサーは到着するとガウェインに別れの口づけをする。

アーサーの嘆き。

ここで、この後すぐに明らかとなる理由により、まず『頭韻詩アーサー王の死』にあるアーサーの嘆きの言葉を引用し、次に、父が『アーサー王の死』で考えていた嘆きの言葉を掲載する。

そして善き王はこれを見て　心に深く悲しみ、
涙を流しながら　心の底からひどくうめく。
死体のそばに膝を突き、　両腕で抱えると、
面頰を上げて　すぐに口づけし、
かつては美しかったが　今は閉じられているまぶたと、
鉛のような唇と、　青白くなった顔を見る。
そして、王冠を戴く王は　大声で叫ぶ。
「血のつながった愛しい縁者よ、　わたしは悲しみのうちに残されている。
今やわたしの名誉は消え、　わたしの戦は終わった。
ここにいるのはわたしの幸福の望み、　わたしの武運、

わたしの勇気と大胆さは　すべて彼のおかげだった。
わたしの心を守ってくれた　わたしの相談相手、わたしの慰め！
キリストの下で生きた　すべての騎士のうちで最も優れた者よ、
わたしが王冠をかぶっていたが、　おまえこそ王にふさわしかった。
この世で最も豊かな　わたしの富と名声は
ガウェイン卿と、　その才覚によってのみ勝ち取られたものだった！
ああ！」とアーサー王は言った。「今やわたしの悲しみは増すばかりだ！
わたしは自分の国で　名声を完全に失ってしまった！
ああ！　恐ろしくて過酷な死に　おまえは長くとどまりすぎている！
どうして戻ってこないのだ？　おまえはわたしの心を溺れさせている！」

『アーサー王の死』でアーサー王がガウェイン卿の詩を嘆く場面は、創作の最初期段階に書かれたものであり、残念ながら、きわめて読みにくい父の手書きで書かれている。いろいろと検討した結果、今のわたしにできる最善の解釈を次に掲載する。

そして灰色の闇が　善き王の心に下り、
涙をはらはらと落としながら　うめくと、
今では永遠に閉じられた　彼の両目と

鉛のような唇と、　［?しおれた百合］を見つめた。
それから自分の［?王冠］を投げ捨てると　大声でこう叫んだ。
「愛しい縁者よ、　わたしは悲しみのうちに残されている。
今やわたしの名誉は消え、　わたしの恵み［(上に書き込み)：善］は終わった。
ここに横たわっているのはわたしの望み、わたしの助け、　わたしの兜、わたしの剣、
わたしの勇気、わたしの大胆さ、　わたしの力の（不明）
わたしの相談相手であり慰めであり、
すべての騎士の中で最も［?高貴であり］
すべての［?王たち］の中で最も（不明）キリストの（不明）生きた
王になること（不明）わたしが王冠をかぶっていた。
わたしは自分の国で（不明）［?完全に没落した］
ああ、恐ろしい死に　おまえは長くとどまりすぎていて、
わたしが死ぬ前に　おまえはわたしの心を溺れさせてしまう」

『頭韻詩アーサー王の死』では、王がなりふり構わず悲しんでいるので、騎士たちから次のような言葉でたしなめられる。

「おやめください」と勇気ある者たちは言う。「陛下は取り乱しておいでです。

これは癒しようのない悲しみで、　決してよくなることはありません。
手を揉み絞って悲しむのは　確かに名誉なことではありません。
女のように泣くのは　分別のあることではありません。
王にふさわしく　騎士のように振る舞ってください。
そのように泣き叫ぶのは　天国におられるキリストの愛にかけて、おやめください！」

父はここに、次の短い言葉を、「イウェイン卿はベーオウルフの言葉で彼を慰める」という見出しをつけて書き記している。

女のように泣くのは分別のあることではなく、
嘆き悲しむよりも仇討ちする方がよい

父の頭にあった『ベーオウルフ』の一節は、わたしが思うに、『ベーオウルフ』の1384〜9行でベーオウルフがデネ人の王フロースガールに語る次の言葉に違いない。

悲しまないでください、賢い方よ！　誰にとっても友の死を嘆き悲しむより、その仇を討つ方が、ずっとよいのです。わたしたちひとりひとりに、この世での命の終わりがやってきます。できることなら死ぬ前に名誉を勝ち取りたいものです。勇敢な騎士が死んでから残せるもので、これほどよいものはありません。

『頭韻詩アーサー王の死』では、アーサー王の誓いの言葉が続く。

「わたしはここに誓う」と王は言った。
「救世主キリストと　天にまします優しい女王たるマリア様にかけて、
この先二度と　川沿いで猟犬を放して
地上を走る　ノロジカやトナカイを狩りはしない。
グレーハウンドを放すこともせず、　オオタカを飛び立たせることもせず、
翼で空を飛ぶ鳥が　落ちるのを見ることもしない。
オスの鷹やメスの鷹を　こぶしに乗せて扱うこともせず、
シロハヤブサを飛ばして　地上で喜んだりもしない。
我が王国に君臨することも、　我が円卓の騎士を集めることもしない。
わたしが愛したおまえの死の　仇をしっかり討つまでは。
わたしの命が続く限り、　決して頭を垂れて横になって休むことはしない。
主と過酷な死が　望むことをするまでは！」

あらゆる種類の主要な楽しみを今後は享受しないという王の誓いをどう描写するか、当初の父の考

えは、次のようなものだった。

アーサーの誓い
わたしは二度と、猟犬や鷹を使った狩りはせず
宴もしなければハープも聞かず、王冠もかぶらず
円卓の騎士[?とともに座らない]。ガウェインの敵を討つまでは。

アーサーがガウェインの死を嘆き、禁欲の誓いを立てる場面を父が最初に書いたとき、『頭韻詩アーサー王の死』を目の前に開いていたか、少なくとも、その直前にこの一節を呼んでいたことは、議論の余地がない。

すでに述べたように(一四四ページ)、父の『アーサー王の死』におけるロメリル沖での大海戦の構想は、『頭韻詩』から生まれたものである。ここまで紹介してきた概要から、同じく『頭韻詩』に基づく特徴を列挙してみよう。『頭韻詩アーサー王の死』に由来しているものとして、まず、引き潮によってアーサーが上陸できなかったこと(一四五ページと一五八ページ)と、ガウェインが数名の仲間とともに船に乗って上陸したこと(一四五ページと一五六ページ)が挙げられる。ガウェインが陸上での戦闘でゴトランドの王を殺したことも、出典は同じだ(一四五ページと一五八ページ)——ただし完成稿では、もっと前の、海戦の場面(Ⅳ202-3)に配置されている。ほかに細かい点として、ガウェインの剣の名前「ガルース」(Galuth)(Ⅳ197-200)と、彼の船の旗(Ⅳ144)と盾(一四六ペー

ジと一五七ページ）にある黄金のグリフォンなどがある。
さて、これでまだ見ていないのは、ふたつある概要のうちのもうひとつと、アーサーがガウェインの死を嘆く場面以降についての興味深いメモとなった。これらは、父が執筆を中断した時点前後に『アーサー王の死』の結末をどう考えていたかを示す、現存する唯一の資料である。
アーサーが嘆いて誓いを立てる場面の草稿の下には、次のように書かれている。

モルドレッドは撃退されて東へ撤退する。アーサーは西へ行く。ラーンスロットは［？？ガウェインの遺体を］（不明）。（余白に書き込み。おそらくモルドレッドについて）援軍がなかったため、東方はすべて彼が保持する。（ページの下端に鉛筆でメモ）巻Ⅴはガウェインの遺体がキャメロットへ運ばれる場面から始める。

別の紙には次に示すメモがあるが、かなり急いで書かれたらしく、わたしが清書したうち、いくつかの単語はほぼ推測である。

強い日差し。アーサー軍が最初に動く。モルドレッド襲来の噂。東方にわずかな雲。モルドレッド、不意に森からカムラン平原に現れる。イウェインとエラック。マラックとメネドゥーク。イドリスとエイルマー。
モルドレッドには、サクソン人、フリジア人、アイルランド人、ピクト人、邪教徒［つまり異教徒］が味方し、恐ろしい武器を持っている（一四八ページ参照）。アーサーが撤退。モルドレッドが最後に現れる。アーサーとモルドレッドが相討ちになる。雲が［？・集まって］闇となる。すべてが暗くなる。

アーサー、西へ兵を引く。モルドレッド進軍の噂。モルドレッド、森から現れる。カムランの戦い。アーサーとモルドレッドが相討ちになる。雲が［？・集まる］。暗がりの中で瀕死のアーサー。野盗が戦場を荒らす。

［エクスカリバー∨］カリバーンと湖。暗い船が川を上ってくる。アーサー、船に乗せられる。

ラーンスロットに知らせは来ない。ある［？・？・雨］で薄暗い日、彼はライオネルを連れて船で出発してロメリルに着くが、ロメリル上空にはまだ鴉がいる。人気のない道を馬で進むと、向こうからウェールズを出てきた王妃が近づいてきて彼と出会う。しかし彼は、アーサー王はどこにいらっしゃるのかとしか尋ねない。彼女は知らない。

彼は彼女と別れ、さらに西へ進む。海辺に住む隠者が、アーサーが去ったことを教えてくれる。ラーンスロットは船に乗って西へ向かい、二度と戻ってこない。――エアレンデルの一節。

遠くから見ているグウィネヴィアは、彼の白銀の旗が月明かりの下で消えるのを見る。そして彼女は完全に悲嘆に暮れる。彼女は東方の男たちから逃げてウェールズへ行ったが、悲しみが彼女の定めだったにもかかわらず、彼女は自分のためよりも他人のために嘆いたとは言われていない。しかし、こうしてアーサーの栄光と古い世界の武勇は終わり、長い闇がブリテンの国を覆った。

このほかに、ラーンスロットとグウィネヴィアについてもう少し詳しく語った、鉛筆で走り書きしたメモが複数ある。

ラーンスロットはカムランのうわさを聞いて来るが間に合わず、グウィネヴィアと会うが、主君を敬愛しているので、彼の愛情はすべて彼に向かっていた。彼のグウィネヴィアに対する愛には、もはや力がなかった。[?苦しんで] 淡々と、悲しむこともなく、ふたりは別れた。[??彼女は孤独である。]

ラーンスロットはグウィネヴィアと別れ、船でベンウィックを目指すが、行く先を西へ変えてアーサーを追う。そして二度と海から戻ってこない。彼が彼をアヴァロンで見つけたのかどうか、やがて戻ってくるのかどうかは、誰も知らない。

グウィネヴィアは灰色の陰で灰色になった。

かってはすべてをつかんでいたが、今ではすべてを失った。
（不明）黄金（不明）塵の中に横たえられた。
かって判明したのと同じように男たちにとって無益な者として。

以上の文書とともに、別の紙にタイプで打たれた次のような一七行の頭韻詩が見つかっており、この事実と、15行目でアヴァロンに触れていることから、これが先に掲載した第二の概要に出てきた「エアレンデルの一節」であるのは間違いない。

月が海の霧の上に昇り、
寒さに震える鋭い星明かりは、
待ち続ける東方で青白く揺れていたが、
次第に弱くなって消えた。海岸にできた泡は
灰色の砂利の上に影のようにぼんやりと輝いており、
海のうなり声が闇の中で上がって
岸壁にいる見張りたちまで届いた。
ああ！　なんと驚くべき夜か！
月のように輝きながら、真珠の屍衣と
豪華な絹の帆とともに、銀色の星々を

青い旗に、きらめく宝石で
白く刺繍して、あのガレオン船が
夜の闇の下、影の海へと進んだ夜は！
エアレンデルは熱心な冒険の旅に出て
海を何里も渡った先にある魔法の島々を目指す。
アヴァロンの丘と、月の屋敷を越えたところにある、
龍の門と、世界の端にある妖精湾の
暗い山々とを目指す。

最初の七行は、後に父が、おもに韻律を整えるため、大急ぎで次のように書き換えている。

月が霧の洞窟に入り、
寒く震える鋭い星明かりは、
待ち続ける東方で青白く揺れ、
次第に弱くなって消えた。海岸にできた泡は
灰色の砂利の上で影のようにぼんやりと輝いており、
うなる海が石の壁の下で
上がっては下がるを繰り返していた。

別の紙には、鉛筆で次のような創作初期段階の韻文が書かれている。削除や書き換えがあって非常に読みづらいが、先に掲載した「エアレンデルの一節」との関係できわめて興味深いものである。

ガウェインの墓は、　太陽が西に傾く、
かまびすしい海の近くの　草の下にある。
グウィネヴィアには、どんな墓があるのか　灰色の陰が
彼女の黄金を［?地中］に　［(削除) ように輝く］
彼女の黄金は何も言わず　誰にも見られず輝いている。
ブリテンもベンウィックも　ラーンスロットと
彼の貴婦人の　塚を残してはいなかった。
［(削除) アーサーに墓は］ない。
アーサーには、　月の下にも太陽の下にも
人間の土地に塚はない。　彼は（不明）
海を何里も越えた　魔法の島々と、
夜の館をいくつも越えた　天の境界にある
［(削除) あの］ 龍の門と　世界の端にある
アヴァロン湾の　暗い山々を。
地上の境界［にある］　アヴァロンに［眠っている〈?〉］住んでいる。

世界が（不明）限り、
世界が［？？目覚める］まで。

最後から2行目の動詞はwで始まっているが、「待っている」（waiteth）ではないし、「見つめている」（watcheth）でもないようだ。この韻文の下には「墓」と書かれている。

＊

アーサーの旅立ち

一六五～八ページに掲載した短くて謎の多いメモの中には、アーサーがカムランの戦いで致命傷を負った後に船で旅立つことについて触れた個所がほとんどないので、これを解釈しようとするには、他の書類に目を向けなくてはならない。

アーサーの旅立ちについて書かれたものは、先に挙げた（一六六ページ）次の文「暗がりの中で瀕死のアーサー。野盗が戦場を荒らす。カリバーンと湖。暗い船が川を上ってくる。アーサー、船に乗せられる」しかない。また、その後には、ラーンスロットがアーサーを追って船で西へ向かうが二度と戻って来ず、「彼が彼をアヴァロンで見つけたのかどうか、やがて戻ってくるのかどうかは、誰も知らない」とある。

わたしは一三九〜四〇ページで、マロリーの語るアーサーの旅立ちを紹介した。この場面についてマロリーは、フランス語の『アルチュールの死』(一一七ページ参照)ではなく、『スタンザ詩アーサー王の死』にかなり忠実に従っていた。父のメモとの関係で最も興味をそそられる点は、アーサーが旅立った場所と目的に関するものだ。『スタンザ詩アーサー王の死』では、王と二名の騎士ベディヴィアとルーカンは「海辺の礼拝堂で一晩中横になっていた」とあり、マロリーは「海から遠くない」と述べている。『スタンザ詩』でアーサーはベディヴィアにエクスカリバーを「塩の水へ」投げ込むよう命じ、ベディヴィアがついに命令に従ったときは「それを海へ投じた」。対応する個所でマロリーは「水」という語を用いている(一三九ページ)が、ベディヴィアは王に「波」を見たと報告している。それに対して『アルチュールの死』では、父のメモ「カリバーンと湖」と同様、水は湖だと明確に示されている。マロリーでは、アーサーが乗って出発した船は「小さな船」だが、『スタンザ詩』では「マストと櫂のある立派な船」だ。

つまり父は、実現させるには至らなかったが、『頭韻詩アーサー王の死』の結末は採用しない考えだったのである。『頭韻詩』ではアーサー王の死について(一四八〜九ページ)、カムランの戦いの後、彼は望みどおりグラストンベリーへ運ばれて「アヴァロン島」に入り、そこで没したとされている。父は、この展開を取らず、元をたどれば『アルチュールの死』から生まれた物語に従っていた。しかし、父のメモにあった「湖」を解釈するのは難しいし、同じく「川を上ってくる」船についても難しい。

この場面での父の構想を解明するのに、カムランの戦いに関する古い証拠が役に立つとは思われない。この戦いの最も古い記録があるのは、一〇世紀に書かれた『カンブリア年代記 Annales Cambriae』という題名の年代記で、五三七年の項目に「カムランの戦い Gueith Camlann」があり、「その戦いでアーサーとメドロートが倒れた」と記されている。ジェフリー・オヴ・モンマスは、この戦いはコーンウォールのカンブラ川（Cambula）に面した場所で起こったと言っているだけで、それ以外に説明はない。実のところ、『カンブリア年代記』のカムランがどこなのか分かっておらず、そもそもコーンウォールなのかどうかも不明だが、やがてコーンウォールのキャメル川（Camel）(5)と同一視されるようになった。

父のメモでアーサーを連れていった川は、元をたどればジェフリー・オヴ・モンマスのカンブラ川に由来しているに違いない。もちろん、こうしたメモには明らかに矛盾する点が存在するが、その理由は、メモが形成途中にあった父の考えを示したものだと想定すれば、たいへんよく説明できると思う。海辺の礼拝堂、海——または湖——に投じられるエクスカリバー、アーサーが乗る不思議な船がやってくる川など、場面の端々が、この時点ではまだひとつにまとまっていなかったのである。

いずれにせよ、父がアーサーの最期の展開を、『アルチュールの死』『スタンザ詩アーサーの死』およびマロリーの物語（一三九〜四〇ページ参照）とは違ったものにしようと考えていたのは明々白々である。この三つでは、アーサーの遺体は、彼が船で出発した後の夜に、隠者の庵に持ち込まれ、そこに埋葬されている。それについて『スタンザ詩』では、隠者がベディヴィアにこう語っている。

真夜中頃に貴婦人たちがここへ来ましたが、
どういう方々なのか、わたしにはまったく分かりませんでした。
この遺体を棺に乗せて持ってきて、
悲しみに暮れた様子で埋葬なさいました。

しかし、マロリーがグラストンベリー近郊の隠者の礼拝堂にアーサーを埋葬した件について実際に語っている言葉は、次のように実に奇妙だ。

「隠者どの」とベディヴィア卿は言った。「こちらに葬られているのは、どういう方なのですか？　ずいぶん熱心に祈りを捧げておられますが？」
「実は」と隠者は言った。「わたしにはまったく分からず、推察するしかありません。ゆうべ、真夜中に大勢の貴婦人がたがここへ来られて、遺体をひとつ運び込み、どうか埋葬してくださいとわたしに頼んだのです。そしてこちらにろうそくを一〇〇本寄進され、わたしに金貨を一〇〇〇枚くださったのです」
「ああ！」とベディヴィア卿は言った。「それでは、この礼拝堂のここに埋葬されておられるのは、我がご主君アーサー王だ」

さて、アーサー王について権威ある書物に書かれていることを、わたしはこれ以外に見つけることはできず、その死の真相についても、次に記すことのほかは読んだことがない。すなわち、王は三人の女王のいる船に乗せて運び去られ（以下略）

アーサー王の死についてわたしが見つけることができたのは、次のことだけである。すなわち、この貴婦人たちが王を墓へと運んだこと、（中略）しかし、この隠者でさえ、これがまさしくアーサー王の遺体であると確信をもって断言することはできなかった。ともかく、以上の話を、円卓の騎士のひとりベディヴィア卿が書き留めさせたのである。

どうやらマロリーは、さまざまな資料で見つけた奇妙な物語を深く疑っていたようだ。だが、アーサーが船で目指した目的地については、マロリーの物語で王がベディヴィアに語った最後の言葉を思い出さなくてはならない。すでに一三九～四〇ページで示したが、その言葉とは「わたしはアヴィリオンの谷へ行って、この重い傷を癒さねばならぬ。そして、二度とわたしの噂を耳にしなくなったら、わたしの魂のために祈ってくれ！」である。ここでマロリーは、『スタンザ詩アーサー王の死』でアーサーが、ベディヴィアの叫んだ「陛下、どちらへ行かれるのです？」という問いかけに答えて語った次の言葉を、ほぼそのまま用いている。

わたしはしばしのあいだ、
アヴァロンの谷へ行って、

しばらく傷を治そうと思う。

このアヴァロンの谷への言及は『アルチュールの死』にはない。父の『アーサー王の死』では、王が向かったのは当然ながらアヴァロンだった。では、そのアヴァロンはどこにあったのだろうか？

父の詩では、サマセットのグラストンベリーのことでは絶対にない。一六六ページに掲載したメモでラーンスロット卿は、ベンウィックからブリテンに戻り、馬で西へ向かうと、「海辺に住む隠者が、アーサーが去ったことを教えてくれ」た。そして「ラーンスロットは船に乗って西へ向かい、二度と戻ってこな」かった。わたしは、『スタンザ詩』とマロリーには言及がないが、この隠者はほぼ間違いなく、ルーカン卿とベディヴィア卿が負傷した王を連れてきた「海から遠くない」あるいは「海辺の」（一七二ページ）礼拝堂の管理人だったと思う。この見方に立てば、隠者はアーサーを乗せた船が海岸を離れて沖へ向かうのを目撃し、そのようにラーンスロット卿に語ったのだから、船は、埋葬のためグラストンベリー近郊の隠者の庵へ向かったはずがない。

ここで、アーサー王の墓がグラストンベリーと結びつけられた経緯を簡単に説明したいと思う。最も古い記録は、ウェールズ人の歴史愛好家ギラルドゥス・カンブレンシス（ウェールズのジェラルド）が一二世紀末に書いた作品の中に見られる。彼はアーサー王の遺体について、例えば聖霊によって遠い国へ運ばれただけで死んではいないなど、突飛な話がいくつもあると述べた後、なんと「わたしたちの時代に」アーサー王の遺体が発見されたと記している。発見したのはグラストンベリー大修道院の修道士たちで、遺体はオークの木をくりぬいた中に入れられ、墓地の地中深くに埋められていたという。棺を乗せた石の下には鉛の十字架が、十字架に刻まれた碑文を隠すように取りつけられていた。碑文はギラルドゥス本人も見ており、そこには、ここに名高いアーサー王がウェネヴァリアとともに「アヴァルロニア島で」(in insula Avallonia) 埋葬されたと記されていた (さらに彼は、興味深いエピソードも記している。アーサー王の骨〔サイズが大きかった〕とグウィネヴィアの骨の隣に、彼女の金髪が一房、完全な形で残っていたが、修道士のひとりが触れると、たちまち塵になったという)。発見されたのは一一九一年だと記録されている。

同じ一節でギラルドゥスは、現在グラストニア (Glastonia) と呼ばれている場所は、かつてはアヴァルロニア島 (Insula Avallonia) と呼ばれていたと述べている。この名前は、彼によると、ここがかつて周囲をすっかり沼地に囲まれていて実質的に島だったために付けられたという。ブリテン語 (つまりケルト語) では「イニス・アヴァルロン」(Inis Avallon) と呼ばれていたが、これは「リンゴの島」(ラテン語で insula pomifera) という意味で、「アヴァル」(aval) はブリテン語で「リンゴ」を意味し、かつてこの地にリンゴの木がたくさんあったため、そう名づけられたということである。さらにギラルドゥスは、モルガニス (Morganis) という名の、アーサー王と同族の高貴な女性が、かつてこの地の統治者であり、彼女がケメレン (カムラン) の戦いの後、アーサーの傷を治療するため、現在グラストニアと呼ばれている島へ彼を連れてきたのだと付け加えている。

*

「グラストンベリーとの関連」をめぐっては、アーサー王の墓「発見」という非常に興味深い出来事の裏に何があったのかや、グラストンベリーとアーサー王伝説の関係は一一九一年以前にもあったのかなど、複雑な問題がまだまだあるが、本書ではこれ以上追究する必要はないだろう。ただし、これで、どうして『頭韻詩アーサー王の死』の作者がアーサーはグラストンベリーへ連れていかれてアヴァロン島に入ったと言い（一四八ページ）、『スタンザ詩アーサー王の死』とマロリーの物語でアーサーが船で横になったままベディヴィアに向かって、わたしはアヴァロンの谷へ行って傷を治そうと思うと言う（一七五～六ページ）ようになったのかは、明らかになったと思う。

しかし『アーサー王の死』では、父は伝説を再構成するうえでグラストンベリーにはなんの関心も持っていなかった。父にとってアヴァロンは、疑問の余地なく、はるか西方にある島であった。しかし、その本質については、詩に添えられたメモからは何も知ることができない。詩そのものに一か所だけ（Ⅰ204）、アヴァロンについてのよく分からない言及がある。これはガウェインのセリフの中の一行で、その中で彼はアーサー王に、王が騎士から成る無数の軍勢を「この森の端からアヴァロン島まで」で集めていることを思い出させている。これは、アーサーの権力が東西に広がっていることを大まかに示す修辞表現かもしれないが、そうでなければ、アヴァロンがアーサーの治める西方海域に含まれていることを意味しているに違いない。

アーサーの旅立ちについてジェフリー・オヴ・モンマスは、すでに述べたように（一〇〇ページ）、『ブリテン列王史』の中では、傷の手当てを受けるためアヴァロン島へ（in insulam Avallonis）運ばれたと記しているだけである。しかし、後に六歩格という韻律で書いたラテン語の詩『マーリンの生涯Vita Merlini』では、アヴァロンと、そこへのアーサー王の到着について、まるで六世紀ウェールズの吟遊詩人タリエシンが語るような感じで説明している。その詩では、島は（ギラルドゥスと同じく「aval」を「リンゴ」とする語源を使って）「幸運の島と呼ばれるリンゴの島」（Insula pomorum que fortuna vocatur）と名づけられている。なぜ幸福なのかと言えば、この神の祝福を受けた島では、あらゆるものが自然に生じ、畑を耕す必要はなく、畑を手入れしなくても麦やブドウが育つからである。「カムランの戦いの後（post bellum Camblani）、我らはその地へ負傷したアーサーを連れていき、その地で我らはモルゲンによって丁重に迎えられた。彼女は自室にある黄金のベッドに王を横たえると、時間をかけて傷を調べ、やがて、もしも王が長期間ここにとどまって彼女の世話を受ければ健康を取り戻せるだろうと告げた。そこで我らは喜んで王を彼女に託し、追い風を帆に受けて帰国した」

文学の中でアーサーの旅立ちを取り上げた最古の例は、一〇〇ページで紹介したラヤモンの『ブルート』にある。ラヤモンによると決戦の場所はキャメルフォードで、両軍は「タンバー川」つまりテーマー川でぶつかった。ただしテーマー川は、実際にはキャメルフォードから遠く離れた場所にある。次にラヤモンの詩から、アーサー王が致命傷を負って地面に横たわっているときに語った言葉と、彼を運び去った船がやってくる様子を描写した部分を引用する(6)。見てもらうと分かるように、その韻律は『ベーオウルフ』で（だけでなく父の『アーサー王の死』でも）見られる古い形を受け継いだものだが、一行の長さは長くなり、半行は頭韻ではなく脚韻や母音韻で結ばれている。ただし語彙はほとんどすべて古英語である。

'And ich wulle varen to Avalun to vairest alre maidene,
to Argante þere quene, alven swiðe sceone,
and heo scal mine wunden makien alle isunde,
al hal me makien mid haleweiȝe drenchen.
And seoðe ich cumen wulle to mine kinerichen
and wunien mid Brutten mid muchelere wunne.'
Æfne þan worden þer com of se wenden
þat wes an sceort bat liðen sceoven mid uðen,
and twa wimmen þer inne wunderliche idihte,
and heo nommen Arður anan, and aneouste hine vereden,
and softe hine adun leiden and forð gunnen hine liðen.
....
Bruttes ileveð ȝete þat he bon on live,
and wunnien in Avalun mid fairest alre alven,
and lokieð evere Bruttes ȝete whan Arður cumen liðe.

「そしてわたしはアヴァロンへ行く。あらゆる乙女の中で最も美しい、女王アーガンティ(7)という、最も美しい妖精の元へ行こう。
彼女はわたしの傷を治し、
水薬でわたしをすっかり健康にしてくれるだろう。
そしてその後にわたしは自分の王国へ戻り、
ブリテン人に交じって大いに楽しく暮らそう」
その言葉とともに海から
一艘の短い船が、波に乗ってやってきて、
そこには見事に着飾ったふたりの女性が乗っており、
すぐさまアーサーを抱き上げると、急いで運び込み、
そっと下ろすと、出発した。
……
ブリテン人は今もなお、彼は生きていて
あらゆる妖精の中で最も美しい妖精とアヴァロンで暮らしていると信じており、
今なおブリテン人たちは、アーサーが戻って来るときを待っている。

この一節はラヤモンにしか見られない。これに対応する個所はワースの『ブリュ物語』にはない。

＊

父の『アーサー王の死』の場合、「アヴァロン」には、もうひとつ考えなくてはならない側面がある。ジェフリー・オヴ・モンマスが『マーリンの生涯』で簡単に説明した（一七八～九ページ）、アーサー王が連れていかれた「リンゴの島」「幸運の島」のアヴァロンと、父自身の作品世界のアヴァロンとの関係という、非常に複雑な問題である。

この名前が、はるか遠くの海ベレガイア（「西方の大海」）にある島トル・エレッセア（「離れ島」）を指す言葉として登場するのは、かなり後のことである。だからここでは、父が『シルマリルの物語』を構想していた初期のころに「離れ島」に対する見方を奇妙なほど変えていたことには立ち入らないことにする。その一方で、父が『アーサー王の死』に取り組んでいた時期にこの問題をどう考えていたかを明らかにしようとするのは、意味があると思う。

この件で唯一ヒントになる正確な日付は、一九三四年一二月九日である。これは、R・W・チェンバーズが父の「アーサー」を褒め、ぜひ完成させるようにと勧める手紙を書いた日だ（四ページ）。しかし、父がこの時点で詩の執筆断念をどの程度考えていたかについては、当然ながら何も教えてくれない。

時代は下り、一九六四年七月一六日付の手紙で父は、いつのことかは分からないが、C・S・ルイスとそれぞれ独自に物語を書くことで意見がまとまったと記している。ルイスは宇宙旅行の話を、父は時間旅行の話を書くことになった。ルイスの『沈黙の惑星を離れて』は一九三七年秋には完成しており、父の『失われた道 The Lost Road』は、完成からはほど遠かったものの、他の作品と一緒に大事な小包に入れて同年一一月に出版社アレン・アンド・アンウィンへ送られた。すでに九月には『ホビット』が出版されており、一九三七年一二月一九日に、父は手紙の中で「ホビットの新しい物語の第一章を書き終えた」と言っている。

何年もたって、父は先述の一九六四年の手紙の中で、『失われた道』の構想について、次のように説明している。

わたしは、未完に終わった時間旅行の本を書き始めましたが、その最後は、主人公がアトランティスの水没に居合わせるという話にするつもりでした。水没する島の名は、「西なる国」を意味するヌーメノール（Númenor）とする予定でした。話の筋は、（ドゥリンという名のドワーフが何度も登場するように）人間の家族に「至福の友」と「エルフの友」と解釈できる名前を持った父と子が何度も登場するというものです。（中略）物語は、現代のエドウィンとエルウィンという父と息子の親しい関係から始まり、その後は時をさかのぼって伝説の時代へ向かい、紀元九一八年頃のエアドウィネとエルフウィネや、ランゴバルド族の伝説に登場するアウドイーノとアルボイーノが登場し、そして穀物と文化の英雄である王族の祖先が船に乗って到来する（そして葬送の船に乗って去っていく）という北海の伝承に至ります。（中略）わたしの物語では、最後に、ヌーメノールがサウロンの支配に屈したときに忠節を尽くした集団の指導者アマンディルとエレンディルが登場する予定でした。

伝説の結末についての「アイディア」を父が大急ぎで書き留めたオリジナルの概略は現存している（『失われた道とその他の著作The Lost Road and Other Writings』〔一九八七年〕の一二ページに掲載）。これについてわたしは同書に、「このすばらしいテキストは、ヌーメノールの伝説の起源と、『シルマリルの物語』が世界の第二紀へと拡張される様子を記録したものだ。ここに、『丸くなった世界』と『まっすぐの道』のアイディアが初めて書き記され（以下略）」と書いた。このほかに、『アカルラベース』（『シルマリルの物語』収録）の先駆となった短い物語が二バージョン存在する（前掲書一三ページ以降）。近い時期に書かれたもので、第二のバージョンは第一のバージョンを修正したものだ。第二のバージョン（だけ）に、父は後に鉛筆で『最後の物語――ヌーメノールの没落』というタイトルを記している。

以上のテキストを検討した結果、『ヌーメノールの没落』と『失われた道』の一部は「密接に関係していた。両者は同じ時期に同じ衝動から生まれ、父は同時に取り組んでいた」（前掲書九ページ）ことが判明した。よってわたしは、「『ヌーメノール』は（父の言う『アトランティスに取りつかれた』ものだとしても、明確で具体的な構想が背後にあったのだから）C・S・ルイスと（おそらく一九三六年に）話し合った具体的背景から生まれたものだ」との結論に達した。

『ヌーメノールの没落』のふたつのテキストのうち、第一の方には次のような一節がある。

モルゴスが外なる暗黒へ再び追放された［とき］、神々は協議した。エルフたちがヴァリノールに招集され（中略）多くが従ったが、全員ではなかった。

しかし第二のバージョンでは、次のように変えられた。

しかしモルゴスが追放されると、神々は協議を開いた。エルフたちが、西方へ戻るよう命じられ、従った者は再び離れ島エレッセアに住み、ヴァリノールに近いことから、その名をアヴァルロンに改めた。

これが、エレッセアを指す名前としてアヴァルロン（Avallon）が登場した最初の例のひとつである。父が『失われた道』のために書いたヌーメノールの物語は断片しかないが、その断片でエレンディルは息子ヘレンディルに、次のように語っている。

そして彼ら［ヴァラール］は最初に生まれた者たちのうち国を追われた者を思い出し、彼らを許した。そして戻った者たちは、以来、離れ島エレッセアで幸福に暮らしている。この島は、ヴァリノールが見え、至福の国の明かりが届くことから、今ではアヴァルロンと呼ばれている。

これと同じ時期に、「語源 The Etymologies」（この時期に書かれた非常に難解な作業用テキスト。『失われた道とその他の著作』収録）にある語幹 LONO- の次の項目（三七〇ページ）が執筆されたと思われる。

Íona：「島」「離れていて到達の難しい土地」。参照：Avalóna = Tol Eressëa = 外なる島。［（おそらく後からの加筆）A-val-lon］

同じくこの名が登場する項目が、語幹AWA-にある（抜粋）。

「離れて」「外へ」。「外の」。〔ク［ウェンヤ語］〕ava「外側の」「向こうの」。Avakúma「世界の向こうの外なる虚空」。［（これに加筆）Avalóna, Íona参照。］

以上の語源は、『ヌーメノールの没落』の第二バージョンにあるアヴァルロンの説明（「ヴァリノールに近い」）と一致しない。

この時期、父は『失われた道』を構成する続きの物語について考えており、もちろん結果的には断片しか書かれなかったわけだが、それとは別に、「まっすぐの道を進んだ男」の物語の可能性についてのメモを大急ぎで書き記している。その男は、一〇世紀のイングランド人エルフウィネにする予定だった。この人物について父はすでに早い時期に詳しく書いている。離れ島にやってきた船乗りで、この島でエルフたちから『失われた物語の書』で述べられている歴史を学んだという設定である。以下に父のメモを掲載する。

しかし、何よりも『失われた物語』の導入として最適なのは、いかにしてエルフウィネはまっすぐの道を船で進んだのかだろう。彼らは海をどんどんどんどん進み、やがて辺りは非常に明るく、非常に穏やかになった――雲もなければ風もない。足元の海は、薄く、白く見えた。エルフウィネが目を下にやると、日の光を受けて輝く海の中に、いきなり陸地と山々［(または) 山］が見えた。呼吸困難。仲間たちは、ひとりまたひとりと海に飛び込む。エルフウィネは、陸地と花のようなすばらしい香りを嗅いで、気を失う。目が覚めると、船は海中を歩く人々によって引っ張られている。彼は、ごく一握りの人間はエレッセア（つまりアヴァルロン）の空気を一〇〇〇年間は吸うことができるが、それ以降は誰も吸えなくなると告げられる。かくして彼はエレッセアにやってきて、失われた物語を聞く。

これを、『シルマリルの物語』のうち『クウェンタ・シルマリルリオン Quenta Silmarillion』と題されたバージョンの結末と比較してみると面白い。このバージョンは、父が執筆を中断して『指輪物語』に取り組む以前のものである（『失われた道とその他の著作』三二三～四ページ）。ここには、トル・エレッセアの別名としてのアヴァルロンは出てくるが、「まっすぐの道」の構想はまだ入っていない。

これで『シルマリルの物語』は終わる。これは、消えゆくエルフたちが今も歌い語っている歌や歴史を短くまとめたものであり、今では離れ島トル・エレッセアに住む消えたエルフたちが（もっと明確かつ完全に）伝えているものの要約である。人間のうち、この島へ渡ったことのある船乗りはほとんどおらず、長いあいだに一度か二度、エアレンデルの一族に属する者が、人間に見える国々を越えてアヴァルロンの岸壁で輝く明かりのかすかな光を見たり、ドルウィニオンの草原に咲く枯れることのない花の香りを遠くから嗅いだりしただけである。そのひとりがエリオルで、その者はエルフウィネと名づけられ、彼だけが此岸の国へ戻ってコルティリオン［エレッセアにあるエルフたちの町］の便りを伝えた。

アヴァルロンがその後、どのような複雑な展開を見せたかまでを詳しく探る必要はない。これについては、『サウロン敗れる』（一九九二年）で詳細に解説してある。このまとめでは、父が『アーサー王の死』に取り組み、おそらく断念することも考えていた時期に、アヴァルロンという名前が『シルマリルの物語』という文脈で父にとってどのような意味があったかを示すだけにとどめたい。

ヌーメノールの侵攻と水没、地球の根本的な作り変え、そして、人間には知ることのできない消えた「過去」に通じる「まっすぐの道」の謎によって形作られてきた既存の神話に、これほど大々的な動揺を出現させるには、かなりの時間をかけなくてはならないだろうとわたしには思われる。したがって、『シルマリルの物語』でのこうした進展が、『失われた道』の執筆着手や、父が直面していた厳しい難題や障壁とともに、父が『アーサー王の死』から手を引く十分な理由になった可能性は、控えめに言ってもかなり高いとわたしは思う。

だとすれば、執筆断念の時期は意外なほど遅いことになるが、実はこの仮説を支持すると思われる、非常に不思議で興味深い証拠が存在する。一枚の紙に殴り書きした、物語の「諸要素」を順番に列挙したリストで、書かれている要素はすべて別の文書に現れている。リストの後半は、次のようになっている。

カムラン の戦い
アーサーがモルドレッドを殺し
　負傷する
一九三七年八月
｜アヴァロンへ運ばれる
ラーンスロットが到着するが間に合わない
王妃と［？再会する］
船で西方へ行き、再び噂を聞くことがない

このリストを作成してしばらく後に、父は「アヴァロンへ運ばれる」とそれ以前を分けるカギ線を書き入れ、その外側に（つまり「アヴァロンへ運ばれる」と同じ行に）「一九三七年八月」と書いた。

これについては、その時点で父は「アーサーがモルドレッドを殺し負傷する」まで（推敲は終わっていないかもしれないが、韻文の形で）書き終えていたが、それ以降はまだだったと解釈するのが、おそらく最も自然であろう。当然ながら、その場合に問題となるのは、父がカムランの戦いにすら到達していなかったことだ。詩はロメリルの戦いが決着したところで終わっており、手書きの証拠には、それ以降の物語が韻文の形で書かれていたことを示すものは何もない。これをどう説明したらよいか、わたしには分からない。ただ少なくとも、一九三七年八月という意外なほど遅いと思われる時期に、父は依然として『アーサー王の死』に積極的に取り組んでいたことは間違いないようだ。

だが、もしそうだとすれば、それによって、ある疑問が解明されるのではないだろうか？ その疑問とは、どうして父はこの時期に、約二〇年前に創作したトル・エレッセアについて、その名がアヴァルロンに変わったと、特に明確な理由などないのに書いているのかという問題だ。アーサー王伝説のアヴァロンとなんの関係もないとは、とうてい考えられないだろう。しかし、アーサー王の旅立ちとの類似性は、いっそう明確でなくなったと言わなくてはならない。

『旅の仲間』（『指輪物語』第一巻）出版後の一九五四年九月に書かれた手紙で、父はエレッセアについて、次のように見事なまでに短くてわかりやすい文章を書いている。

（前略）滅亡前、海の向こう、中つ国の西の海岸の向こうに、エルフたちが住む地上の楽園エレッセアと、ヴァラール（「力ある者たち」「西方の諸王」）の国ヴァリノールがあった。どちらの土地も、海は危険に満ちていたが、普通の帆船で物理的に行くことはできた。人間の住む土地で最も西に位置する土地に住んでいたヌーメノール人すなわち人間の王たちが、とうとう思い上がってエレッセアとヴァリノールを力づくで占領しようとして反乱を起こした後、ヌーメノールは破壊され、エレッセアとヴァリノールは物理的に到達できる地球から切り離された。西方への道は開かれているが、どこへもたどり着くことはできず、ただ戻ってくるだけである――死すべき定めの人間にとっては。

わたしが思うに、モルガン・ラ・フェのアヴァロンである幸運の島と、トル・エレッセアの別名であるアヴァルロンとの関係は、どちらも西海岸のはるか沖にある「地上の楽園」という性格を持っていることだけだとしか言えないのではないだろうか。

それでも、裏にある動機を解釈するのは難しいかもしれないが、父が両者をはっきりと関係づけていたと信ずるに足る十分な理由、いや、説得力のある根拠が存在する。

『アーサー王の死』の続きに関する父のメモのうちは、ラーンスロットが船に乗って西へ向かい、二度と戻ってこないという内容のメモは、目下の問題について、ひときわ興味深い。なぜならメモの末尾に「エアレンデルの一節」という言葉があるからだ（一六六ページ）。この一節とは、『アーサー王の死』の続きに関するメモと一緒に見つかった頭韻詩で、すでに一六八～九ページに掲載した。

この短い詩には、「あのガレオン船が（中略）影の海へと進んだ」とあり、またエアレンデルは「魔法の島々を目指す。アヴァロンの丘（中略）を越えたところにある、龍の門と世界の端にある妖精湾の暗い山々とを目指す」と記されている。この詩で明らかに父は、もともと『失われた物語の書』で描かれ、大部分がかなり後になって『シルマリルの物語』に組み込まれて残った、世界の第一紀の神話的地理情報を取り入れようとしていたのである。

『失われた物語の書　第一部』所収の物語「ヴァリノール隠し」では、ヴァリノールの要塞化が進められた時代、妖精湾防衛の一環として、魔法の島々が洋上の巨大な輪の中に固定されたと語られている。『シルマリルの物語』の『クウェンタ』と題されたバージョンは、一九三〇年に全部または大部分が書かれているが、その時点では、次のように述べられている（『中つ国の形成 The Shaping of Middle-earth』〔一九八六年〕九八ページ）。

その、歌がヴァリノール隠しと呼ぶ日に、魔法の島々は固定され、呪文で満たされ、影の海の境界の向こうに並べられた。それ以降、船で西へ向かうと離れ島に到着し、船乗りたちはそこで捕らわれ、永遠の眠りへと誘われている。

注目すべきは、「エアレンデルの一節」の最後にある「世界の端にある妖精湾」という表現が、初期の著作に頻繁に登場していることである。例えば、一九二五年またはそれ以前に書かれた頭韻詩『フーリンの子ら The Children of Húrin』の第二バージョンの4行目に登場する（『ベレリアンドの歌 The Lays of Beleriand』〔一九八五年〕九五ページ）。

神々よ、あなた方は　ご自身の護られた国々を
動かぬ峰々と　道のない山々で囲まれた。
隠された海岸に　かぶさるように、

世界の端にある妖精湾から　そそり立つ山々で！

『クウェンタ』では、こうした名前がエアレンデルの物語にすべて一緒に現れる（『中つ国の形成』一五〇ページ）。シルマリルを運んでヴァリノールへ向かう旅の途中、ウィンゲロット（Wingelot）という名の船に乗ったエアレンデルとエルウィングは、

魔法の島へ行き、その魔法から逃れた。それから影の海へ向かい、その影を通り抜けた。そして離れ島を眺めたが、そこにはとどまらなかった。そして、世界の端にある妖精湾に錨を下ろした。

とりわけ目を引くのが、「エアレンデルの一節」の最後から二番目の行にある「龍の門」という言葉だ。「ヴァリノール隠し」の物語では（『失われた物語の書　第一部』二一五〜二一六ページ）、神々が「非常に偉大な行為を、彼らの仕業の中で最も強力なことを、あえて行なった」として、次のように語られている。

「彼らは物事の壁に近づいて、そこに夜の扉を作った。（中略）今でもそれはそこに、濃い青色の壁に向かって、完全に黒く大きな姿で立っている。その柱は、最も強い玄武岩でできており、その横柱も同じだが、そこには黒い石の巨大な龍が彫られており、その口からは、影のような煙

がゆっくりと吐き出されている。門は破ることができず、どのようにして作られ、建てられたのか、誰も知らない。なぜなら、エルダールたちは、あの恐ろしい建造物に入ることを許されなかったからであり、それは神々の最後の秘密である」

（「龍の頭を持った扉」「龍の頭を持った夜の扉」という表現は、初期の詩にも見られる。『失われた物語の書　第二部』二七二ページと二七四ページ参照。）

この宇宙神話の最初期の形態では、「太陽のガレオン船」が夜の扉を通り抜けて、「無限の闇に入り、世界の裏側を回って再び東に来て」、朝の門を抜けて戻っていく。しかし、この構想は早い時期に新たな形の神話に取って代わられ、太陽は夜の扉を通って外なる闇に入るのではなく、地球の下を通るとされた。夜の扉は残ったが、その目的と作られた時期は変えられた。一九三〇年かそれより少し後に書かれた『アンバルカンタAmbarkanta』（世界の形）と題する小品では、夜の扉の新しい意味が、次の二か所で説明されている（『中つ国の形成』二三五ページと二三七ページ）。

世界をすべて取り囲んでいるのがイルランバール、すなわち「世界の壁」である。氷とガラスと鋼鉄のようだが、大地の子らが想像できる冷たさや透明さや硬さをはるかに凌駕している。夜の扉を除き、それを見ることもできなければ通り抜けることもできない。

この壁の内側で大地は球形になっている。その上にも下にも、四方八方にヴァイヤ、すなわち「包む大海」がある。

＊

ヴァリノールの中央に、壁を突き抜けて虚空に向かって開いたアンド・ローメン（Ando Lómen）、すなわち「時なき夜の扉」がある。なぜなら世界は、クーマ、すなわち虚空、つまり形も時間もない夜のただなかに置かれているからである。しかし、誰もこの裂け目とヴァイヤの帯を通り抜けて、その扉へやってくることはできない。それが可能なのは偉大なヴァラールのみである。そして彼らは、メルコ［モルゴスのこと］が打ち負かされて外なる闇に追放されたとき、その扉を作り、今はエアレンデルが守っている。

ここまでわたしがさまざまな文章を膨大な量の文書から選んで引用したのは、当然ながら、それ自体が重要だからではない。そうすることで、父が、エアレンデルによるヴァリノールへの大航海という、自ら作った「世界」の重要な神話を、アーサー王伝説のラーンスロット卿と結びつけて、意図的かつ本格的に再現したという注目すべき特徴を、はっきりと示したいと思ったからである。実際、父は西方の海を越える大航海を、今度はラーンスロットにさせようとしていた(8)。

よく見ると分かるように、「エアレンデルの一節」（一六八～九ページ）のうち『シルマリルの物語』に由来しない名前は「アヴァロンの丘」（the hills of Avalon）だけである。一九三ページに掲載した『クウェンタ』からの引用で描写されたエアレンデルとエルウィングの航海では、ふたりは影の海と魔法の島々を通過した後、「離れ島を眺めたが、そこにはとどまらなかった」とある。これと比較して考えると、「エアレンデルの一節」の「アヴァロン」が、一八五ページに引用した一九三〇年代のテキストにあるように、「トル・エレッセア」を意味していた可能性は、控えめに見てもかなり高いと思われる。もしそうだとすれば、父は『シルマリルの物語』の文脈で「トル・エレッセア」が「アヴァルロン」と改名されたと書いているのだから、アーサー王伝説の文脈では「トル・エレッセア」という意味で「アヴァロン」と書いていたと考えられる。

読者の中には、「エアレンデルの一節」は、ふたつの西方への大航海がたまたま非常によく似ていたことを示すにすぎないと考える人がいるかもしれない。しかし、一七〇〜一ページに掲載した、同じ書類から見つかった(9)創作初期段階の非常に読みづらい（特に二か所、残念ながら読めない部分がある）第二の詩からは、もっとはっきりとした関係があることがうかがえる。

この第二の詩は、まず冒頭で、ガウェインの墓は「太陽が西に傾く、かまびすしい海の近く」にあるが、ラーンスロットやグウィネヴィアを埋葬した塚はないと回想し、「アーサーには（中略）人間の土地に塚はない」と述べると、それから先はアーサーについて語っている。しかし、そこは「エアレンデルの一節」の結末部と非常によく似ており、ほぼ同じとさえ言える。このふたつの「詩」を、ここでは便宜上「エアレンデルの冒険」と「アーサーの墓」と呼ぶことにするが、このふたつのうちどちらが先に書かれたかは、すぐには分からない。「エアレンデルの冒険」は完成形にかなり近く、タイプライターで清書されているので、こちらの方が後なのかもしれないが、エアレンデルの伝説と密接に関連している名前が、この詩でのエアレンデルの人物像に結びつけられているのに対し、「アーサーの墓」では、そうした名前がアーサー王と関連づけられており、このことがわたしには、「エアレンデルの冒険」が先で「アーサーの墓」が後であることを示す、より強力な証拠であるように思われる。

「アーサーの墓」の最後で、アーサーはアヴァロンに「住んでいる」(「眠っている」を変更)とされ、妖精湾はアヴァロン湾に変えられている。一見すると、アーサーが「アヴァロンに」生きて存在しているのだから、アヴァロンという名前は、ここではアーサーがモルガン・ラ・フェの治療を受けるため連れていかれた島という、アーサー王伝説でよく知られた意味で使われていると思われる。しかし、『シルマリルの物語』の名前に交じって現れているのだから、これはトル・エレッセアを指しているとも考えられる。

エルフ本国湾(または妖精湾あるいはエルダマール湾)の名前をアヴァロン湾に変更したことも、同様である。トル・エレッセアとして使われていたアヴァロンという名前は、ここでは島の名前から、トル・エレッセアが固定された広大な湾の海岸へと拡張されている[10]。

つまり、アーサー王伝説の「アヴァロン」(Avalon)「幸運の島」「リンゴの島」「モルガン・ラ・フェの領地」は、この時点では、何らかの神秘的な意味でトル・エレッセア(離れ島)と同一視されていたようだ。しかし、「アヴァルロン」(Avallon)という名前がトル・エレッセアの名前として取り入れられたのは、ヌーメノールの没落と世界の作り変えも取り入れられ(一八四~五ページ参照)、それとともに「まっすぐの道」という、丸い世界からいまだにトル・エレッセアとヴァリノールに通じており、人間が通ることはできないが、イングランドのエルフウィネによって後に人知れず発見される道という構想が入ってきたのと同じ時期であった。

父がこの関係をどう見ていたのか、わたしにはまったく分からない。もしかするとわたしは、比較的正確な日付が分からないため、制作意欲が大いに高まった時代に生まれては捨てられていった、一貫性のない複数のアイディアを結びつけて、同じ時期に書かれた統一的なものにしてしまったのかもしれない。それでもわたしは、あの「時間旅行」の本に対する父の考えについて、『失われた道とその他の著作』の九八ページで述べたことを、ここでも繰り返したいと思う。

この時期にヌーメノールの没落、丸くなった世界、まっすぐの道といった重要なアイディアを「中つ国」の構想に取り入れたことと、アングロサクソン人エルフウィネという非常に重要な人物が未来の二〇世紀に「広げられ」たり、何層にも重なる過去にも「広げられ」たりする「時間旅行」の物語について考えたことによって、父は自分が創作した伝説を、場所も時代も違うさまざまな伝説と大規模かつ系統的に結びつけようと考えていた。広い西海の海岸近くに住んでいた諸民族の物語と夢に関係することを、すべてまとめようとしていたのである。

*

最後に、まだ取り上げていなかった、父がラーンスロットとグウィネヴィアの物語の続きについて残したメモ（一六六～八ページ）を検討したい。
そのメモによれば、ラーンスロットは、フランスから戻ったが間に合わず、その後ロメリルから馬に乗って「人気のない道を」西へ進むと、「ウェールズを出てきた」グウィネヴィアと出会う。すでにこの時点で物語は『スタンザ詩アーサー王の死』の内容から決定的に離れている。『スタンザ詩』の展開はマロリーが忠実に従っており、彼の記す物語の概要はすでに一四〇～二ページで簡単に説明しておいた。父のメモは、非常に短いのだが、そこでのグウィネヴィアは疑問の余地なく、後半生を尼僧になって過ごさないし、神妙な面持ちで「節食と祈りと喜捨」の生活を送ったりもせず、ましてやラーンスロットに次のような言葉を掛けたりもしない。

「ですが、わたしはあなたにぜひともお願いいたします。
これからは生涯二度と
わたしを助けに来ないでください。
お手紙も決して寄こさず、幸せにお暮しください。
わたしはこの先いつまでも神さまに、
わたしの過ちを改める恩寵を与えてくださるよう、お祈りするつもりです」

当然ながらラーンスロットも、マロリーの物語に出てくる次のような返事はしない。

「ああ、親愛なる王妃様」とラーンスロット卿は言った。「王妃様は、わたしが再び国へ戻り、向こうで別の女性と結婚することをお望みなのですか？　いいえ、王妃様、よくご承知のとおりわたしはそんなことは決してしません。以前に誓ったとおり、わたしは王妃様に不実なことは絶対にしないからです。ですが、王妃様がお選びになったのと同じ運命をわたしも選び、イエスの御心にかなうよう、そして特に王妃様のため、わたしは祈ることにします」

王妃がウェールズから出てきたときのふたりの出会いは、まったく違うものとして父は語ろうとしていたようだ。実際、そのことは巻Ⅲの次の個所からうかがえる。

彼女は彼が
急にふさぎ込んで人が変わり、　まるで別人のようだと思った。（Ⅲ95－6）

彼は、彼女は人が変わって
まるで別人のようだと思った。　海辺で彼は
石像のように　寂しく絶望した心持ちで立っていた。
苦しみの中、ふたりは別れた。（Ⅲ106－9）

『スタンザ詩アーサー王の死』によると、修道院での最後の対面と別れは、次のように強い悲しみ

に満ちていた。

しかし、この世の人間は誰も
そこで生まれた悲しみを語ることができなかった。

またマロリーの物語には「ふたりは槍で刺されたような悲しみ様であった」(一四一ページ)とあるが、そこには決意と諦めもあった。父の『アーサー王の死』のメモに書かれたふたりの最後の対面には、わびしさと虚しさがあった。これについて書かれた最初のメモでは、ラーンスロットはグウィネヴィアにアーサー王はどこにいらっしゃるのかとしか尋ねない。これは、雰囲気はもちろんまったく違うが、モルウェンが今わの際でフーリンに、トゥーリンについて尋ねた「もし知っているのなら教えてください！　彼女はどうやって彼を見つけたのですか？」という質問の、単刀直入な痛切さと通じるものがある。フーリンは何も答えず、グウィネヴィアは答えを知らなかった。ラーンスロットは「彼女と別れ」た。

最後の出会いに関する別のメモでは、ラーンスロットにはアーサーに対する愛しか残っておらず、グウィネヴィアは彼に対する力をすべて失っていたと記されている。その後に巻Ⅲの言葉「ふたりは別れた」が繰り返されているが、これに「淡々と、悲しむこともなく」が付け加えられている。ここでのラーンスロットは、晩年を節食と贖罪の日々で過ごしたり、ほとんど飲み食いをせずに「やつれ、衰えて」(一四二ページ)人生を終えたりはしない。彼は海岸へ行き、そこに住む隠者から、アーサーは海を船で西の方に向かったと知らされた。するとアーサーを追って出帆し、それ以来、彼についてはなんの噂も聞かなかった。「彼が彼をアヴァロンで見つたのかどうか、やがて戻ってくるのかどうかは、誰も知らない」

しかし、何がラーンスロット卿を待ち構えているのかについて、父は巻Ⅲの最後ではっきりと述べている。大きな嵐が去った後のベンウィックで安心感と新たな希望に満ちているが、「彼には時というものが分かっていなかった」。

すでに運命の流れは　逆向きになり、
奔流となって　素早く通り過ぎていた。
死が彼に迫っており、　この世が続く限り彼が
目覚めている者たちのあいだに　二度と戻って来ぬ日を
時の流れのかなたに　定めていた。

読者の中には、父がラーンスロット卿の旅立ちの物語を、ある意味、エアレンデルの父トゥオルの物語の再現と見なしていたと思う人がいるかもしれない(トゥオルは、フーリンの弟フオルの息子で、ゴンドリンの王トゥアゴンの娘イドリル・ケレブリンダルと結婚した)。一九三〇年版の『クウェンタ』では、彼について次のように語られている。

当時トゥオルは、老いが自分に忍び寄っていると感じており、海に対して抱いていた強い願望を抑えることができずにいた。そこで彼は「鷲の翼」という意味の巨大船エアラーメ（エアルラーメ）を作り、イドリルとともに日が沈む西方へと船出し、いかなる物語にも二度と戻ってこなかった。

後にエアレンデルはウィンゲロットを作って大航海に出かけるが、これには二重の目的があった。ひとつは二度と戻ってこなかったイドリルとトゥオルを見つけることであり、もうひとつとして、「彼は、もしかすると最後の海岸を見つけ、死ぬ前に西方の神々とエルフたちに思いを伝えられるのではないかと考えていた」。しかしエアレンデルは、トゥオルとイドリルを見つけられず、西への最初の航海ではヴァリノールの海岸に到達することもできなかった。

最後にグウィネヴィアは、去っていくラーンスロットの船の帆を遠くから眺め、「彼の白銀の旗が月明かりの下で消えるのを見る」。その後、彼女は「東方の男たち」から逃れるためウェールズへ行ったと書かれている。父が鉛筆で書いた数行からは、その後の彼女は悲しい孤独と自己憐憫の生涯を送ったと考えられる。父が韻文で書いた次の二行（一六七〜八ページ）は、まるで墓碑銘のような感じがする。

グウィネヴィアは灰色の陰で灰色になった。

かってはすべてをつかんでいたが、今ではすべてを失った。

＊

〈注〉

(1) 父はほかのページに、この要約を踏まえて作った、頭韻を踏んだ行や半行を書き記しており、別の紙にあった次の韻文で確認できなければ、この最後の一文はおそらく推測するしかなかっただろう。

　コーンウォールへ、
　海岸は近づきにくいが住民は近づきやすいコーンウォールへ行くか、
　あるいはライオネスなら忠義を守って歓迎してくれるだろう。

ライオネス（Lyonesse）とは、コーンウォールの最西端（ランズエンド岬）の西にあった失われた地である。父が初期に書いた、イングランドのエルフウィネの物語には、次のような一節がある（『失われた物語の書 第II部 The Book of Lost Tales Part II』三一三ページ）。

　デーオル［エルフウィネの父］はイングランド人の血だったが、西方の地から来た乙女を娶って妻にしたと言われている。その土地の名は、以来ある者たちからライオネスと呼ばれており、また今もエルフたちからエヴァドリエンすなわち「鉄の海岸」と呼ばれている。デーオルは、ベレリオンの彼方にあった失われた地で彼女を見つけ、その地からはかつてエルフたちが船でやってきていた。

(2) 別の紙に書かれた「ガウェインは深刻そうに驚いて答えた」で始まる韻文の断片からは、ガウェインがアーサーに固い決意と決定済みの目的を思い出させるという概要中のこの一節を、父がどのようにして韻文にしたか、その最初の動きがよく分かる。

(3) 別の紙には、もっとていねいに書かれた次のような行がある（一二〇ページ参照）。

　　　　彼の後を
ロージアンの君侯たちが続いた。しかしロットの子供たちであり、
ガウェインの弟であるガヘリスとガレスの不在を
その日に彼は悔やみ、硬い手の
アグラヴェイン卿がいないことも悔やんだ。彼らは
ラーンスロットによって不運なときに殺されて
地下に眠り、　　彼の長い悲しみになっていた。

(4) 「ウィンゲロット」（Wingelot）の後の疑問符は編者が付けたものではない。この名前については、一九三ページと二〇六ページの注(8)を参照。

(5) この川は、あまり長くなく、キャメルフォード（ローンストンの西）近郊に発し、パドストウ（ボドミンの北西）近郊で海に注ぐ。

(6) 原文は、一八四七年にサー・フレデリック・マッデンが出版した三巻本所収のコットンカリグラ写本A ixから引用した。これは、一〇〇年以上にわたってラヤモンの『ブルート』の唯一の版であった。父は、この希少で高価な書籍の非常に状態のよいものを一冊、一九二七年に入手していた。

(7) 「アーガンティ」(Argante)という名前は、ジェフリー・オヴ・モンマスの『マーリンの生涯』にある「モルゲン」(Morgen)(一七九ページ参照)の崩れた形だろうと考えられる。

(8) この関係について、ガウェインの船の名が(疑問符が付いていたが)エアレンデルの船と同じ「ウィンゲロット」(Wingelot)(「泡の花」の意)だったことを思い出すとよいだろう(一五八ページ)。

(9) 実は、最初の数行の非常に早い段階での草稿は、『アーサー王の死』の続きに関するメモを記した紙のひとつで見つかっている。

(10) 当初の物語では、トル・エレッセア(離れ島)は海の中央部に固定され、「その海岸から船で何里進んでも」陸地が見えなかった。これがその名の由来である。

詩の成立過程

詩の成立過程

父の「古ノルド語風」の詩『ヴォルスング一族の歌』と『グズルーンの歌』では、完成稿以前の原稿がほんの数ページしか現存せず、それを除けば「古い下書きなどが存在した形跡はない」【J・R・R・トールキン著、クリストファー・トールキン編『トールキンのシグルズとグズルーンの伝説〈注釈版〉』（小林朋則訳、原書房、二〇一八年）三九ページより訳文引用】のが大きな特徴だった。そうした下書きは確かに存在したのだろうが、どこかの段階で失われたのだろう。これと事情がまったく異なっているのが『アーサー王の死』で、本書に掲載した「完成」稿以前の草稿が一二〇枚ほど存在している（当然ながら、乱雑な状態で保管されていた）。最初期の原稿（大半は一部分しか判読できない）からの変遷は、これに続く、膨大な数の修正を受けた手稿によって、おおむね追うことができる。詩の一部に分かりにくい要素があるのは、別のバージョンで独自に進展した結果であったり、テキストの一部を丸ごと別の文脈に移し替えたりしたためである。

父がこの詩に費やした時間と労力は、驚くほど膨大だ。父は、もっとよい韻はないか、頭韻という制限の中でもっとよい単語やフレーズはないか、絶えず探し求めており、新たな原稿には常に数多くの修正が施されていた。そうした修正をすべて説明する、詳細で完璧な注釈を作ることは、もちろん不可能ではない。しかし、それは大変な仕事になるし、わたしが思うに、労多くして功少なしとなるだろう。

その一方、本文への注をすべて削除したのでは、この詩の創作に欠かせなかった注目すべき要素を隠してしまうことになる。このことは、特に巻Ⅲに当てはまる。巻Ⅲは、この詩の核心と言うべき部分で、執筆では最も力が注がれ、最も多くの変更が加えられた巻であり、わたしはその成立過程を、自分の理解に基づいてかなり詳しく説明した（一般に望ましいと考えられる以上に詳しく説明したため、必然的に、読み進めるのがまったく容易でなくなった）。ただし詩への注釈では、韻律や文体上の理由で加えられた些細な変更は、しばしば省略した。

以下、わたしは「草稿」という言葉を、『アーサー王の死』の最新稿（本書に掲載したテクストの典拠となった原稿）よりも先に書かれた原稿すべてを指すのに用いることにする。この最新稿は、それまでとは別のまとまったものとして書かれた印象があり、そのため「最終稿」と見なしてもよさそうだが、後になって、最初の二巻を中心に、かなりの量の修正と変更が加えられている。実際、父の原稿は、間違いなく父の手を離れるまでは「最終稿」と見なすことはできなかった。しかし本作の場合、はるかに多くの数の変更が、大急ぎで鉛筆で書き込まれている。父の「古ノルド語風」の詩の原稿にも同様の変更が加えられており、それについてわたしは「わたしの受けた印象では、父は何年も後にテキストを通読し（中略）、読みながらピンときた個所を急いで訂正したようだ」と書いた【前掲書、同ページ】。同じことは『アーサー王の死』にも当てはまると思うが、当然ながら断言はできない。こうした変更が巻Ⅰと巻Ⅱで特に多いことから、後年になってこの詩に新たに関心を持ったものの、それが次第に薄れていったのかもしれない。

この原稿をどうとらえるにせよ、この先で絶えず言及しなくてはならないので、これを「最新稿」(Latest Text) の頭文字を取ってLTと呼ぶことにする。

本詩の執筆について最も意外なことが、草稿で明らかになった。アーサー王の東方遠征を描いた巻Ⅰは最初に書かれたのではなく、実は詩の執筆がかなり進んだ時点で組み込まれたものだったのである。巻Ⅱ（難破したフリジア船の船長が知らせをもたらし、モルドレッドがキャメロットにグウィネヴィアを訪ねる話）には草稿が二種類あり、そのほかに詩の冒頭部を記した一枚のみの文書がある。この三つは、どれも次のように始まる。

暗い風が　深い海の上を通って吹きつけ、
南からの波が　浜辺を洗い、

三つのうち、最も古いものをⅡaと呼ぶことにする。これには、次のようなタイトルが付けられている。

アーサー王の死
Ⅰ

いかにして［モルドレッド V］ラッドボッドが知らせをもたらし、モルドレッドが王の上陸を阻止するため軍勢を集めたか。

テキストは、異同が多いものの基本的には本書に掲載したLTの巻Ⅱと同じだが、Ⅱ109に相当する行までしかなく、また、その行は、この草稿では「海岸と冷たい沼地から水鳥たちがやってきた」になっている。

これに続く第二の草稿を、**Ⅱb**と呼ぶことにする。これは、最初のページにⅡaと同じタイトルがついているが、巻Ⅱの本文がすべてそろっている。これにも異同が多いが、構成に違いはない。先に触れた、この巻の一ページしかない草稿を**Ⅱc**とする。これはⅡbの後に書かれたもので、タイトルはこうなっている。

アーサー王の死

Ⅱ

いかにしてフリジア人の船が知らせをもたらし、モルドレッドが軍勢を集めると王妃を求めてキャメロットに来たか。

ただし冒頭のⅡという数字は、もともとⅠだったものに棒を一本加えたものである。

注目すべきは、巻Ⅰが加えられたとき、巻Ⅱになる部分には、新たな物語的要素や言及がなんら加えられなかったことだ。しかしこれは、父のもともとの計画では詩をモルドレッドとグウィネヴィアから始めることになっており、当初はこれ以前の物語は必要ないと考えていたからだと思う。だから、それを踏まえて巻Ⅱを改めて読んでみると、アーサー王のブリテン不在にほとんど触れていないことがよく分かる。これに先立つ出来事について述べているのは、フリジア船の船長ラッドボッドが死に際でモルドレッドに語った次の言葉（草稿Ⅱbで最新稿のⅡ70–7に相当する部分）しかない。

忌むべき男クラドックが　ご主君の計画を暴露し、
アーサーの耳には　ご主君の行ないや意図についての
あらゆる噂が入っています。　彼は激しく怒っています。
急ぎ帰国の途に就き、　大軍を集めて、
ローマ領から　嵐のように進んできます。

Ⅱ144–7にあるモルドレッドからグウィネヴィアへの警告は、Ⅱbでは、ベンウィックにも触れて次のようになっている。

もう絶対にアーサーを　この国には入れさせないし、
愛を忘れぬ　湖の騎士ラーンスロットも

ベンウィックからブリテンへ　広い海を越えて
あなたとの密会場所に二度と来させぬ！

もう一か所、Ⅱbには（Ⅱaから引き継ぐ形で）ラーンスロットの名が出てくる注目すべき場所がある。モルドレッドが呼び集めた味方を列挙した個所で、そこには「諸侯や太守のうち（中略）偽りに忠実な者、アーサー王の敵、ラーンスロットを愛する者」とある。なおLT（最新稿）では、「ラーンスロット」は「裏切り」に変えられている（Ⅱ105）。

＊

巻Ⅲ

さまざまな理由により、そうするのが最も分かりやすいというか、ともかく最も分かりにくくないので、ここから先の解説は巻Ⅲ「ベンウィックにとどまったラーンスロットについて」から始めることにする。

草稿は大部分が韻文で書かれているが、その中に、父が詩で語ろうと考えていた、というよりも、詩に取り入れようと考えていた、ラーンスロットとグウィネヴィアの物語の概要が三種類、含まれている。三つは（古い順に）Ⅰ、Ⅱ、Ⅲと番号が振られていた。三つとも大急ぎで書かれているが、読めなくはない。ここに掲載するにあたり、省略形は元に戻し、いくつか細かい点を訂正した。

概要Ⅰは、Ⅲ19–28とほぼ同じ内容の、ラーンスロットを賞賛する文章で始まる。その後、概要はこう続く。

ガウェインだけが彼にほぼ匹敵したが、心はもっと厳格で、どの男性よりもどの女性よりも王を敬愛しており、礼儀正しく振る舞って王妃への不信感を隠していた。しかし王妃はラーンスロットを愛しており、彼への賞賛しか聞こうとはしなかった。そのため下々の心には嫉妬が起こったが、最も大きい嫉妬が生じたのは、王妃の美しさに欲望を煽られたモルドレッドの心だった。ラーンスロットは王妃の美しさに心惹かれて常に彼女に仕える一方で長らく主君に忠義を尽くしていたが、彼を囲む網は閉じられて王妃は彼を手放そうとせず、笑いや涙で彼の意志を曲げて、とうとう忠誠の誓いに背かせた。

ガウェインは気づかなかったが、モルドレッドは見張っていた。ついにモルドレッドは、ガウェインと彼の弟たちアグラヴェインとガレスに告げ、君たちは王の一族なのだから報告すべきだと言った。アグラヴェインは、ラーンスロットの身分と人気に嫉妬していたため、兄に代わって王に告げた。宮廷は内紛によって分裂した。［（追加）アグラヴェイン、ラーンスロットに殺される。］モルドレッドはグウィネヴィアとラーンスロットに、事が露見したのは嫉妬したガウェインのせいだと告げ、ラーンスロットはこの嘘を信じた――ただし真相は、ガウェインこそすべての騎士の中でただひとり彼を嫉妬せず、王のことだけを考えて自分のことは二の次にしていた騎士だった。王は王妃に［（判読不能な語が消され、次の言葉に置き換え）とラーンスロットに死刑を」宣告し、ラーンスロットが逃亡したため、人々は彼を臆病者だと非難した。しかし、王妃が火刑場へ連れていかれると、ラーンスロットが一族を率いて現れ、王妃を救って連れ去った。ガウェインの一族であるガレス［?と他の者たち］が殺された。しかしラーンスロットは弱気になり、王妃を返した――しかしアーサーは彼と再び顔を合わせようとはせず、彼はベンウィックへ帰った。

彼も彼の一族も、それ以降はアーサーのために戦うことはなく、ブリテンが攻撃を受けたと聞いたときも、アーサーの東方遠征を聞いたときも、アーサーに味方しなかった。これに彼の家臣たちは苛立ち、彼の気持ち――色恋沙汰に我を忘れた後で後悔して誇りを傷つけられ、その次は忠誠を尽くそうとして拒絶された――を察して嘆いた。

そこへモルドレッド謀叛の知らせと――アーサーが軍勢を率いて自分の国へ向かっているとの噂が届いた。ラーンスロットは自分が落ちた狡猾な罠にはっきりと気づいた。彼はアーサーを助けるため大軍を集めようと半ば考えた。しかし誇りが妨げとなり、彼が中傷したガウェインと、その冷たい軽蔑の態度を思い出して、軍を集めるのをやめた。それでも王に呼ばれたら駆けつけようと考えた。グウィネヴィアはどこにいるのか――彼には、アーサーと合流せずにブリテンへ行く気はなかった。彼女は人々（とモルドレッド）が言うように美しいが不実なのか？　彼女は彼を冷酷に捨て、彼の苦悩を憐れんだり、彼の後悔を理解したりはしていないようだった。もしも彼女から危急を知らせる使者が来れば、彼は行くつもりだった。しかし、ガウェインが補佐するアーサーから便りは来なかった。機をうかがっているグウィネヴィアからも便りは来なかった。ラーンスロットは出発せず、ベンウィックに残った。嵐が去って輝く太陽が顔を出し、彼の心は軽くなった。彼は音楽の演奏を命じ、家臣たちに、人生にはまだ望みがあるのだから楽しめと言ったが、彼は運命の流れがすでに変わり、その流れに自分が乗りそこなったことに気づいていなかった。

概要Ⅱは、出だしは概要Ⅰと「彼の意志を曲げて、とうとう忠誠の誓いに背かせた」までほぼ同じ文の繰り返しである。その後は、こう続く。

ガウェインは気づかなかったが、モルドレッドは見張っていた。こうして、多くの人々によって歌われてきた円卓の騎士で内紛が起こり、ばらばらになった。［（判読不能）］最初の雲が集まってアーサーの栄光を陰らせた。モルドレッドはひそかに動いてラーンスロットと王の両方に警告した。王は激しく怒り、ガウェインはなだめようとしたが、しばらくはモルドレッドの言葉しか王の耳に入らなかった。王は、ラーンスロットとグウィネヴィアの両名は――正義の法に従い――反逆罪で死刑にならねばならぬと宣言する。しかし、知らせを受けたラーンスロットはグウィネヴィアを連れ出して安全な場所へ逃げ（こうなることをモルドレッドは意図していた）、有罪であることをはっきりと示した。城への攻撃で大勢が戦死し、ガウェインの親族であるアグラヴェインとガレスも殺される。ここで初めてガウェインが参戦する。彼は、気高い騎士がこれ以上殺されないよう、ラーンスロットに一騎打ちを挑む。しかしラーンスロットは気持ちが変わり、自分がもたらした破滅を後悔し、一方の王妃はラーンスロットが敗れた際の危険を恐れ、これに身をさらしたくないと考える。ラーンスロットの愛への最初の打撃。そこでラーンスロットは交渉し、グウィネヴィアを、赦免して名誉を完全に回復するとの条件で引き渡す。しかし王はラーンスロットを許そうとせず――ガウェインもそれを求めず――国外追放にし、彼は一族とともにベンウィックへ出発する。

第三の概要では、数字のⅢのわきに父が「詩に採用」と書いている。出だしは、先のふたつの概要の冒頭を大幅に縮約した内容で始まり、最後の段落は概要Ⅰから写した部分が多いが、ここでは全文を引用する。

ラーンスロットは、アーサーの騎士たちの中で最も勇敢で、あらゆる男性の中で最も美しいと見なされていた――髪は黒く、ガウェインの金髪に劣らず見事だった。ガウェインだけが彼にほぼ匹敵したが、心はもっと厳格で、どの男性よりもどの女性よりも王だけを敬愛していたが、王妃のことは影が下りる前から信頼していなかった。しかし王妃はラーンスロットを愛しており、ラーンスロットは王妃の美しさに心惹かれて常に喜んで彼女に仕え、どの女性よりもどの男性よりも彼女を愛していた。彼が王妃と同じほど深く愛していたのは、名誉と名声だけだった。そのため長らく主君に忠義を尽くしていた。しかし、彼に向けた網は閉じられ、王妃は網をさらにきつく引っ張った――なぜなら彼女は、すでに持っているものはめったに手放さず、欲しいものはたいていいつまでも求め続けたからである。妖精に劣らず美しいが、残忍な心の持ち主で、この世に現れて男どもを破滅させる女性だった。かくして微笑みと涙とで彼女はラーンスロットの意志を曲げた。

こうして、多くの人々によって歌われてきた内紛が始まり、最初の雲がアーサーの栄光を陰らせた。王の屋敷で剣が次々と抜かれ、円卓の騎士の兄弟たちは殺し合った。［（削除）モルドレッドがこれを仕組んだ。ラーンスロットに嫉妬し、王妃に欲望を抱いた彼はラーンスロットを裏切った。］無慈悲な裁きにより王妃は火刑を宣告されたが、ラーンスロットが彼女を救い出して遠くへ［彼女を］連れていった。その日は多くの騎士がバン一族の手で倒れ、その中にはガウェインの弟もいた。しかし彼の気持ちはふさぎ、王妃は亡命を嫌った。彼は殺害を悔いて王妃を返還した――王妃のために完全な恩赦を獲得したが、彼本人は許されなかった。彼は一族とともに出国してベンウィックへ渡り、その後は二度とアーサーと戦争へ行くことはなかった。

しかし、モルドレッド謀叛の知らせと、アーサーが軍勢を率いて自分の国へ向かっているとの噂が届いた。彼は大軍を集めて王の元へ急ごうと半ば決心した。誇りが妨げとなり、彼が中傷したガウェインの冷たい軽蔑の態度を思い出して、軍を集めるのをやめた。もし必要ならば王が彼を呼ぶだろう。グウィネヴィアのことを考えると、苦悩が彼を襲った。彼女は危険に瀕しているのか――しかし彼には、アーサーと合流せずにブリテンへ行く気はなかった。彼女は一部の者たちが噂しているように美しいが不実なのか？　彼女はほとんど憐れむことなく彼を冷酷に捨てた。もしも彼女から使者が来れば、彼はどんな危険を冒してもモルドレッドやアーサーと戦うため行くつもりだった。しかし、ガウェインに頼るアーサーから便りは来なかった。破滅から最善の結果をもぎ取ろうと機をうかがっているグウィネヴィアからも便りは来なかった。そのためラーンスロットは、心が千々に乱れたまま、バン一族の塔にとどまった。嵐がやんだ。輝く太陽が顔を出し、彼の心は軽くなった。彼は、人生にはまだ望みがあり、流れは変わると自分に言い聞かせたが、時の流れは奔流となってすでに通り過ぎ、自分がチャンスを逃したことに気づいていなかった。

＊

巻Ⅲの成立過程は、わたしに解決できない不明な点もいくつかあるが、大部分は草稿を見ることで追うことができる。初期の原稿がいくつか残っており、その中には、その後の原稿を知ったうえでないとまったく解釈できないほど判読不能なページもある。しかし、これほどのスピードで執筆しているときでさえ、父は頭韻や韻律のパターンを守ることができたというのは、じつにすばらしいことだ。

これに続くのが、父のいつものやり方である、毎回、前の草稿に加えた変更を採用して次の草稿で修正していくという方法で書き進められた一連の原稿だ。その最初の原稿をAと呼ぶことにする。これは、完成からはほど遠いが、明らかに巻Ⅲの本文を初めて清書したものである。雑だが判読可能な字で書かれているものの、不明な点や、執筆中に書き換えた個所は依然として多い。本文は次のように始まる（Ⅲ19以降に相当）。

ベンウィックの領主　ラーンスロット卿は
かつてはアーサー王に仕える　最も気高い騎士であり……

原稿Aは、これ以降は無視してかまわない。なぜなら（わたしの判断では）すぐに、これは別の原稿に取って代わられ、Aにあった主要な特徴は、分量が多くて複雑な原稿Bに再び出てくるからである[1]。

この原稿は、冒頭が二枚のページに分かれている。明らかに同時期に書かれたもので、どちらもタイトルはなく、本文は、出だしを除けば、ほぼすべての点で同一である。その一方をB1と呼ぶことにする。その出だしは、次のようになっている。

神の嘉するベンウィックでは　かつてバンが王であり、
その父祖たちは大昔、　静かな海を越えて
聖地にあった　故郷を離れ、
西方世界へ　放浪の旅に出て、
キリストの教えを守りながら、　王国を築き、
蛮族に備えて　壁を建てた。
高くて堅牢な　北向きの塔をいくつも
バンは建て、　それらの下では大波が
洞窟の並ぶ断崖の　ぼんやりとした影の中で
砕け散って大きな音を立てていた。　日光を冠とし、
輝きを城壁とし、　風に囲まれて、

それらは海を見ていた。　それらは戦を恐れなかった。

もう一方の原稿B2では、出だしはLT（最新稿）のⅢ1-10と、一言一句同じである。

南では眠りから　素早い怒りへと
嵐が激しくなり、　北へ向かって
海を何里も越えて　雷鳴と
豪雨をとどろかせながら　勢いよく進んでいた。
うねる海に　山々や丘は
その白い頂上を　激しく揺らした。
ベンウィックの浜辺では　打ち寄せる大波が
ギシギシとうなる巨大な岩を　鬼のような猛威で
砕いた。　泡やしぶきが
打ちつけられて霧となり、　辺りは潮気が充満した。

このように本文の出だしは異なるものの、その後はどちらの草稿も、最終稿と同じように「この地でラーンスロットは何里にも広がる……」と続くが、次の個所が最終稿と異なる。まず最終稿では、次のようになっている（Ⅲ14-8）。

闇がゆっくりと下りた。　彼の苦悩は深かった。
彼は愛に溺れて　主君を裏切り、
愛を捨てても　主君の信頼を再び得ることはできず、
信義を破った男は　信義の誓いを拒絶され[2]、
愛からは　何里もの海で隔てられていた。

この個所は、Ｂ１でもＢ２でも次のようになっている。

闇がゆっくりと下りた。　彼の苦悩は深く、
後悔をして　誇りは傷つけられ、
愛に請われて　忠義を捨てたが
今では愛を失い　忠義を尽くしたいと思っていた。

別の紙には、Ｂ１のこの個所との差し替えを指示された一節があり、「彼の苦悩は深く」以降が次のようになっている。

彼は愛に請われて　忠義を捨てた。
彼の忠義を、もはや　主君は信頼せず、

彼の愛は　海の彼方に捨てられた

B1とB2の冒頭ページ以降、本文はしばらくふたつに分かれることなく続いているので、これを単にBと呼ぶことにする。LTがBと違っている場所が数多くあるので、以下に列挙する（その多くはAにも見られる）。それぞれに付した行番号は、本書に掲載したLTの巻Ⅲのものである。

（Ⅲ46–53）主君であるアーサー王に　長らく彼は忠実に仕え、
勇ましく奮闘していた。　しかし、彼を捕らえた
網は強かった。　王妃はそれをしっかり握り、
絹の網罠は　彼の周りで次第にきつく
締まっていった。　王妃は彼を……

決定版（「王に従う円卓の騎士の……」）は、原稿Bの別のページに差し替えとして書かれている。また、Ⅲ53「もっとすばらしいと考えた。王妃は彼を」への差し替えとして、次のように記されている。

ひそかに秘蔵し、　　保管して
王妃の宝物と見なし、　　地下牢に入れて鍵をかけておく方が

もっと望ましいと考えた。　王妃は彼を
（Ⅲ57－9）　運命が王妃を動かした。　彼女はほとんど何も手放さず、
物欲に捕らわれ続けた。　朝日のような……

その意味については概要Ⅲの「彼女は、すでに持っているものはめったに手放さず」（二一八ページ）を参照。

（Ⅲ62）　とろかした。　強い意志を彼女は曲げた。

この個所はもともと、原稿Aでは「力強さは破られた」になっていた。「強い意志を彼女は曲げた」に対し、Bの余白には「彼女の意志は強かった」「剣を彼女は折った」と書かれている。LTには「強い誓いを彼女は破った」と書かれているが、鉛筆で「強い誓いを彼らは破った」に変えられている。

（Ⅲ67以降。後に削除の印）
多くの吟遊詩人たちが　嘆きながら歌に乗せて
当時のこと、　破られた信頼のこと、

分裂した友のこと、　傷つけられた信義のことを語っている。

（Ⅲ 74－8）

そこでバンの一族は　アーサー王の
そびえ立つ黄金の館を　血で赤く染めた。
王妃は連れ去られた。　無慈悲な裁きにより
妖精に劣らず美しい王妃を　彼らは火あぶりに処すと決め、
死刑を宣告した。　しかし刑は行なわれなかった。
見よ！　ラーンスロットが　稲妻のように輝きながら
光を放ち、決死の形相で　馬の足音をとどろかせながら

（Ⅲ 82－3）

LTでは次のようになっている。

ガウェインの弟である　ガヘリスとガレスは
運命が望んだように　火のそばで倒れた。

Bは次の一行だけだが、後にすべて削除されている。

その場でガウェインの　愛するガレスは死んだ。

（Ⅲ88–90）
円卓の騎士を
崩壊させ、　すばらしい兄弟たちの
友情と自由を壊したことを後悔して嘆いたが、　すでに遅すぎた。
ガウェインの親族である　ガレスのために嘆いた――
武器を持たぬ彼を　彼は不運にも殺してしまった。
愛情にこのような形で報いようとは　彼は少しも考えていなかった。

この一節の最後の三行は、先に触れたガレスの行と同時期に削除されている（また、先行する原稿Aでは、除外するためカギカッコでくくられている）。こうした削除の結果、ガヘリスとガレスは執筆時のＬＴには登場せず、後にⅢ82–3が鉛筆で書き加えられた。

（Ⅲ90–2）
彼は誇らしく思ったことを悔い、　おのれの武勇を呪った。
主君たるアーサー王の　愛を求めて
彼はこれから名誉を……

（Ⅲ101以降）

そして多くを彼女は見たが、　その気持ちは暗く［▽かたくなに］なり、
ラーンスロットを　愛情で監視［▽世話］したが、
王のいない王妃であり　捕らわれの身から救い出した彼女に、
どれほど妖精に劣らず美しくとも、　友情は示されなかった。

（Ⅲ102）「厳しい言葉で」は、Bでは「優しい言葉で」だが、Aでは「厳しい言葉で」になっている。

（Ⅲ104－8）彼女は網罠が　まだしっかりと手に握っていたものの
いっとき弱まったのだと思ったが、　彼の心は揺れ動いた。
またの機会が来るだろう。　しかし待つのに苛立たされて、
彼女は彼をきつく傷つけた。　彼は、彼女は人が変わって
まるで別人のようだと思った。　すると突然、
一瞬の苦悩のうちに、　鏡に映ったように赤裸々に
彼女の魂を目にし、　彼自らの姿を知って、
彼は石のように動けなくなり、　黙ってそこに立ちつくした。

（Ⅲ119以降）

誇りが絶頂から落ちたのを　憐れむ者はほとんどおらず、
ガウェインは　彼の善意を疑った。
彼の帰還は許されず、　許してほしくば裁判を受け、
おとなしく　厳しい裁きの前に立てと言われた。

（Ⅲ124―7）

アーサー王は
心ひそかに悲しみを覚え、　自分の屋敷に
不実な妻を再び迎え、　もっと立派な者を失ったことを嘆いた。
いざというとき頼りになる　最も気高い騎士を失ったことを。

この直後、Bの本文は再びふたつに分かれ、LTで次のようになっている個所（Ⅲ143）

西の港から　噂が聞こえてきた。
アーサー王が　自分の国に対して兵を向け、

で、この二種類の本文は、意外なことに、この巻のB1とB2の出だしの節（二二一〜二二ページ）に、逆になって戻っている。つまり、「神の嘉するベンウィックでは　かつてバンが王であり」で始まる原稿では「南では眠りから　素早い怒りへと」という冒頭部が現れ、もう一方の原稿ではそれと逆の

ことが起きているのである。どちらのバージョンでも、この一節の後には、ラーンスロットが窓から海の向こうを眺める場面の、次の韻文が続く（Ⅲ11-4と187-9を参照）。

今やそこからラーンスロットは　何里にも広がる
うねりの高まる海を　高い窓から
見ながら考え、　疑念を心に抱きながら
ひとり思いにふけっていた。　闇がゆっくりと下りた。

（もう一方の原稿では「闇が下りた」になっている。）

どうやら父は、こうしたさまざまな修正のうち、最も満足できるのは「南では眠りから　素早い怒りへと」を巻の出だしに残し、「神の嘉するベンウィックでは」で始まる節はどこにも入れないことだと最終的に判断したようだ。なお、これについては二三六〜七ページも参照のこと。

ここからBの本文は、「西の港から　噂が聞こえてきた」（Ⅲ143）で始まる二種類のバージョンで続いていく。このふたつを「バージョンA」「バージョンB」と呼ぶことにする。ここでは、バージョンA（修正前）とLTの違いを説明する。そうするのが最も分かりやすいと思うので、バージョンAの本文を最初から掲載することにした。これはⅢ143-173に対応しているが、Ⅲ148-157の部分が欠けている。

西の港から　噂が聞こえてきた。
［（削除）ログレスの諸侯たちの　徒党を組んでの裏切りの噂が。］
アーサー王が　自分の国に対して兵を向け、
報復せんとして　強大な船団を
すぐさま集めたが、　やってきた嵐が
突然に激しくなって　その場に足止めされ、
言うことを聞かぬ海に　押し戻されたという噂が。
今や彼は半ば期待し、　半ば望まぬ気持ちで、
招集を求める　至急の切迫した命令を待った。
彼の王への忠誠を　忠実に思い出させる、
ランロットを　主君アーサー王の元へ呼び戻す命令を。
再びグウィネヴィアへ、　明るい日光へと向かうように
しばしば彼の思いは押し戻されて　さまよった。
ブリテンで戦が起こり、　数々の蛮行がなされているが、
彼女は今も　取り戻した信頼に不実なのだろうか、
それとも彼女に危険が迫っているのだろうか？　彼は彼女を深く愛していた。
はるか昔に彼女は彼を捨てた。　すでに愛は終わったかのように、
激怒と堕落の中、　同情を一切見せず、

憐れみも一切感じず、　高慢で、蔑むように振る舞って彼を捨てた。
それでも彼は彼女を深く愛していた。　もし危険が迫り、
もしも彼女が彼を呼べば、　彼は夜に出航し、
敵や嵐をものともせずに　荒れ狂う海を渡って
自分が立ち去った国へ来るだろう。　彼の貴婦人が呼んだのだから。

ここから先、バージョンAはLTのⅢ174から巻Ⅲの最後までと同じである、ただし、次のような細かな違いがある。

（Ⅲ174―6）しかし王からの命令も　貴婦人からの便りも
来なかった。　ただ風だけが
広い海を　急ぎ音もなく激しく吹いていた。

（Ⅲ179）　夜の端を　その血で赤く染めるまで輝いているかのようであり、

（Ⅲ187）　一方ラーンスロットは　何里にもわたる風を

（Ⅲ194以降）

波頭の白い波が　寄せては引いていて、
白い翼で空高く吹いていたが、　山や谷では
（Ⅲ 204）

次に、バージョンBとLTの違いを示す。Ⅲ 148-57が欠けているのはバージョンAと同じだが、Ⅲ 157以降と対応する本文は、バージョンAともLTとも異なっている。

突然に激しくなって　その場に足止めされているという噂を。
言うことを聞かぬ海に　押し戻されて
船団は港に引き止められていた。　彼の心はふたつに別れ、
今や半ば期待し、　半ば望まぬ気持ちで、
招集を求める　至急の切迫した命令を待った。
彼の王への忠誠を　忠実に思い出させる、
ラーンロットを　主君アーサー王の元へ呼び戻す命令を。
しかし誇りが彼を苦しめ、　嘆願だけを、
腰を低くしての願いだけを　聞いて答えよと求めた。
しかし、要求も懇願も、　嘆願も命令も
どちらも来なかった。　誇りが傷つけられた。

彼は心の中で見た。　人々が彼を見つめるなか、
ガウェインが　冷淡に目を光らせて
彼が彼に与えた悲嘆を　重々しく許す光景を。
だから彼は角笛を鳴らすことも、　大軍を集めることもしなかったが、
彼の心は　中途の決意のために重く、
彼を最も敬愛する者たちは　彼の気持ちを察して嘆いていた。
彼は待ち、行かなかった。　風が海でうなっていた。
塔は嵐に揺すられ　激しく震えた。
再びグウィネヴィアへ、　明るい日光へと、
深い地下牢から、　暗い牢獄から向かっていくように、
しばしば彼の思いは押しつけられて　さまよった。
数々の蛮行がなされている。　ブリテンで戦が起こっている――
彼女は今も　取り戻した信頼に不実なのだろうか、
それとも彼女に危険が迫っているのだろうか？

これ以降は、先に引用したバージョンAと同じように続き、巻Ⅲが終わるまでAとのあいだに大きな違いはなく続く。

＊

巻Ⅲの完成形にさらに近づいた原稿を、Cと呼ぶことにする。これもタイトルや巻番号はなく、草稿の中から見つかったものだが、「最後の」原稿（つまりLT）と同じほどよく書けているし、字も読みやすい。おそらく、これを最終稿にするつもりだったのだろう。事実、原稿Bと比べると、LT執筆時点（ほかと同じく後に鉛筆でさらに修正を加える前の状態）の形にほぼ到達している。二二四～九ページで詳しく示した個所は、ほぼすべて最終形に変えられている。この原稿が存在していることから、たいてい父が詩を作るときは、層を重ねていくように、同じ一節や、非常によく似た一節を、何度も書き写して仕上げていったことが分かり、そのおかげで作品の成立過程を細かいところまで追うことができる。

この完成形に近い原稿Cには、特に指摘する必要のある個所はひとつしかない。それはⅢ124–7で、原稿Bでこれに相当する部分は二二九ページに掲載されている。Cでは当初、次のようになっていた。

　　　アーサー王は
心ひそかに悲しみを覚え、　自分の屋敷に
不実な妻を再び迎え、　もっと

これらの行を父は執筆途中で削除し、次の文に差し替えた。

心ひそかに悲しみを覚え、　自分の館は、
邪悪な美しさを持つ　最も美しい女性が
黄金の宮廷で　再び王妃になったものの、
今では喜びが減り、　明かりが薄れたように思われた。

ここから、次のような最終形に至った。

自分の館は
今や笑いが減って、　喜びが損なわれたように思われた。

最後になるが、Cでの本文の出だし（「南では眠りから　素早い怒りへと……」）のわきに、父は鉛筆で「あるいは、これを第一歌とするなら、神の嘉するベンウィックでは云々」と書いている。「歌」(fit)とは、詩の一部を指す古英語の単語で、父もときどき使っていたが、『アーサー王の死』については「巻」(canto)も使っていた。これを記した父の真意は、「ラーンスロットの巻」をこの詩の最初の巻にすることも検討していて、その場合は冒頭を「神の嘉するベンウィックでは」にするつもりだったとしか考えられない。そう考えると、原稿Bに出だしが違うがよく似たページが二枚ある（二二一〜二ページ）理由もよく分かるだろう。

＊

巻Ⅲの歴史には、頭を悩ます奇妙なことが、さらにもうひとつある。それは、草稿の山の中にあった原稿というか、一連の原稿ページで、そこでは、内紛が起きて円卓の騎士の友情が壊れるまでの出来事を、ラーンスロットの親族であるライオネルとエクトルが、悲しい歴史を一緒に思い出しながら語るという構成になっている。

このバージョンは、原稿Ｂ１の出だしとしてすでに登場した（二二一ページ）「神の嘉するベンウィックでは　かつてバンが王であり……」で始まるが、３行目が違っている。Ｂ１では「聖地にあった故郷を離れ、／西方世界へ放浪の旅に出て」だが、この原稿では「古い東方から、島々を求めて、／西方世界へ放浪の旅に出て」となっている。

鉛筆で下書きをした上にインクを使って非常に読みやすい字で書かれており、巻番号が鉛筆でⅡと記されている。以下に、出だしの一節の最終行「彼らは海を見ていた。彼らは戦を恐れなかった」に続く本文を、すべて掲載する。

さて、ベンウィックの領主　ラーンスロットは、
暗黒の時と　深い苦悩に耐えていた。

彼を最も敬愛する者たちは　彼の気持ちを察して嘆いていた。
彼と運命を共にして　ログレスと
彼らの主君アーサー王から離れた　友と親族たちは嘆いていた。
ライオネルとエクトルは　ふたりきりで座り、
このおじと甥は　邪悪な日々を
思い出していた。　力強きエクトルは
バンの下の子で、　彼は兄について、
その名声と愚行について語りながら　悲しみに満たされていた。
「かつて、　我ら心正しき兄弟たちの中で
兄は無双の者でした。　腕力と名声により
賞賛と名誉と　人々の尊敬を
兄はいつも勝ち取っていましたが、　それも邪悪が大きくなり、
信義が分裂するまででした。　王妃はあまりに美しすぎ、
騎士たる兄は気高すぎ、　その兄を捕らえた
網は強すぎました。　ああ！　王妃として愛したのでもなければ、
主君の奥方として愛したのでもなく、　ただ美しい女性として
兄は彼女を長く愛し、　それでいて我らが主君アーサー王には
常に忠義を尽くしていました。　しかし愛が勝利しました。

王妃の強い束縛の中で　兄は戦いましたが益なく、
脱出できませんでした。　そして愛に溺れ、
涙や笑いによって　鋼のような誠実な心は
ゆっくりと曲げられて　苦しみの混じる楽しさに変わったのです」
　ライオネルが答えた——誇り高い領主で、
戦においては一歩も引かず、　知恵においては冷静で、
人々の心と　人々が抱く目的に注意を払っていた。
「ああ、わたしも王妃はあまり好きではない。　無慈悲な女性で、
妖精に劣らず美しいが　残忍な心の持ち主で、
この世に現れて　男どもを破滅させる女性だ！
運命が王妃を動かした。　しかし、もっと邪悪なものがある[3]。
それは、常に見張っている　嫉妬の目だ。
毒を含んだ計画を立て、　不正な目的を遂げようと
ひそかに動く　モルドレッドの悪意だ。
彼はランスロットを　その大きな名声のために敬愛せず、
王妃の寵愛を得ているために　彼の幸運を呪っていた。
彼はガウェインを憎んでいた。　策略を忌み嫌い、
高貴で気高く、　気質の堅固なガウェインを。

なぜなら王は彼を愛し、　家臣の中でも
彼の助言を最初に聞いたからだ。　それに彼はご主君を守っており、
その様はまるで用心深い犬が　優しい主人を守るようだった。
　わたしはふたりを何度も見た。　彼は策略により
ガウェインに向かって小声で　グウィネヴィアを非難し、
ラーンスロットを　行ないよりも邪悪な嘘で
中傷した。　ガウェインの怒りと
悲しみは激しかった。　モルドレッドは喜んだ。
なぜならアーサーの耳に　邪悪な知らせを、
聞く者を害し、　話す者を傷つける知らせを
王を最も敬愛する彼(4)が　遠慮もせずに伝えたからだった。
こうしてガウェインは　グウィネヴィアの憎しみを買った。
そしてラーンスロットは　王妃の語る嘘を信じた。
欲望と嫉妬が　恐ろしいことに彼を
邪悪な毒蛇に変えたという嘘を――ラーンスロットにほぼ匹敵する
唯一の騎士で、　嫉妬を知らず、
礼儀正しさの裏に　王妃の美しさに対する
冷たい不信を隠していたのに。　嘘偽りに呪いあれ！(5)

確かに蛇はいて、　ひそかにはい回りながら
こっそり人々を苦しめているのに、　それをランスロットはまだ見ていないのだ！」
　エクトルが答えた。「我ら一族全員が
あの盲目の愚行の　責めを負わねばなりません。
もちろんライオネルは別です。　我らはあなたの知恵の言葉に
ほとんど耳を貸そうとせず、　真相や理由はどうあれ
彼をあまりに敬愛しすぎて、　間違いを擁護し、
王妃をめぐる争いを　ランスロットへの敬愛ゆえに
我らの大義にしてしまいました。　我らの敬愛は続いていますが、
円卓の騎士の　自由と友情を
我らは真っ二つに引き裂いて　激しく戦いました。
素早く剣を抜いて　誓いを立てた兄弟に切りかかり、
王妃を連れ出したのです。　無慈悲な裁きにより
王妃は死刑を宣告されました。　しかし死刑は行なわれませんでした。
ああ！　ランスロットが　稲妻の炎のように
光を放ち、決死の形相で　馬の足音をとどろかせながら
急襲すると　手当たり次第に剣を振るって
かつての友らを　切り殺し、踏みつぶしました。

「彼は王妃を解放すると、遠くへ連れ去りました」

最後の行は削除され、その下に父は鉛筆で、おそらくエクトル卿のセリフとして、「わたしは彼と一緒にいました」と書いている。

このテキストを、「ライオネルとエクトル・バージョン」、略してLEと呼ぶことにする。これは、ここで終わっている。物語をこのような伝聞形式の会話として語る場面が、これ以上書かれなかったのは間違いないと思う。見てもらうと分かるように、終わりから7行目の「素早く剣を抜いて誓いを立てた兄弟に切りかかり」から、このテキストはLTのⅢ71-80へ移る。また最後の五行は、最も古い原稿Aと、それを引き継いだB（二二六ページ）の両方の本文とほぼ一致している。例えばBでは、次のようになっている。

死刑を宣告した。　しかし刑は行なわれなかった。
見よ！　ラーンスロットが　稲妻のように輝きながら
光を放ち、決死の形相で　馬の足音をとどろかせながら
急襲すると　手当たり次第に剣を振るって
かつての友らを　切り殺し、踏みつぶした。

もしもこれで証拠がすべて出そろったのだとしたら、父は「ライオネルとエクトル・バージョン」

の少なくともこの場所まで書き進めたとき、Bを目の前にしていたのでなければ、Bの一節を記憶に保持していたに違いない。そして、もし記憶していたとすれば、父はこの時点で、ライオネルとエクトルは父がすでに語った物語を振り返って語る、単なる代弁者になろうとしていることに気づいていたとも考えられる。しかし、この後すぐ（二五〇ページ以降）に見るように、事実はもっと複雑である。

しかし、これについて取り上げる前に、この新たなバージョンがとりわけ興味を引く点として、父がモルドレッドの陰謀を詳しく説明しているのが、ここと、概要Ⅰしかないことを指摘しておきたい。概要Ⅱ（二一七ページ）では、「モルドレッドはひそかに動いてラーンスロットと王の両方に警告した」としか記されていない。概要Ⅲは、父が記したとおり詩の内容に従ったもので、これについては削除した文（二一九ページ）でモルドレッドがラーンスロットを裏切ったとある以外、何も書かれていない。ただし、ラーンスロットはフランスに戻った後、取るべき道を悩んでいたとき「彼が中傷したガウェインの冷たい軽蔑の態度」（二一九ページ）を思い出したと記されている。もちろん、これらの概要は、どれも構想していた物語をよく考えて書き記したものではなく、覚え書きであり、覚えておきたいと思った重要な「瞬間」を書き留めたものにすぎない。

しかし概要Ⅰ（二一五ページ）には、モルドレッドはガウェインと彼の兄弟たちに告げ、アグラヴェインが王に告げ、ラーンスロットがアグラヴェインを殺したと書かれている。この物語の核心は、モルドレッドがラーンスロットとグウィネヴィアに、事が露見したのは「嫉妬したガウェインのせいだ」と嘘を言い、それをラーンスロットが信じたことだ。ここに初めて、概要Ⅲにも記された、ガウェインが彼を中傷したラーンスロットに向けた冷たい軽蔑の態度が登場する。
この巻の「ライオネルとエクトル・バージョン」では、モルドレッドがガウェインに向かって、グウィネヴィアとラーンスロットを非難しており、「怒りと悲しみ」からガウェインが王に告げ、そのためグウィネヴィアの憎しみを買い、ガウェインは欲望と嫉妬から毒蛇に変わったという彼女の嘘をラーンスロットが信じ、彼を激しく中傷している。
いい機会なので、ここでもうひとつ、非常に短いテキストを紹介したい。二ページから成り、一ページ目は軟らかい鉛筆で書かれていて、まるで新たな作品として勢いよく書き記したように見え、句読点はほとんどない。しかし意外なことに、全部ではないが、判読可能だ。

ラーンスロットは　あらゆる身分の者たちから
円卓の騎士の　心正しき兄弟たちのうち
最も自由で最も恐れを知らぬと思われていた。　破滅のときと
モルドレッドの悪意とが　災いをたくらむまでは

ここでテキストには、無関係な内容のメモが入り込んでおり、その後に書かれている以下のテキストは続きと扱ってよいのか、よく分からない。

嫉妬が目覚め　喜びは陰った。

なぜならラーンスロットただひとりを除き　誰もが王妃の名が
称えられるのを聞きたがらず　みながそれを喜ばなかったからである――
忠義の心が衰え　［（判読不能）］
モルドレッドの悪意が　邪悪へと動いたときに。
女のもろさと　男の弱さの
話が語られ、　多くの者が耳を傾けた。
人々は王に告げた。　宮廷が名誉を汚されたと。
口元に笑みを浮かべる　モルドレッドその人［？と（または）によって］
しかし彼は王妃に告げた。　王妃の考えを露見させたのは
善良なるガウェインであり、　彼の優れた潔癖さと
主君たるアーサー王への　敬愛と忠誠心ゆえに露見させたのだと。
かくしてガウェインとラーンスロットは　憎しみ合い
かくしてガウェインとグウィネヴィアは　憎しみ合い
かくしてアーサーとラーンスロットは　激怒した
彼は円卓の騎士の　仲間から離れ
船で海を越えて　かつての屋敷である
喜びの護りへ戻った。　かつてバンが治めた
神の嘉するベノイックの　険しい山中にある喜びの護りへ

ラーンスロットとグウィネヴィアの恋が原因で内紛が起こるという物語は、ここでは、モルドレッドがグウィネヴィアに、ガウェインが王に密告したという内容になっているようだ。

最後の二行（ページのいちばん下に位置している）は、固有名詞に注目すべきだ。『アーサー王の死』文書の中で、「喜びの護り」（Joyous Gard）（一二三〜四ページ、一二六ページ、一四二ページを参照）という名前が出てくるのは、この場所だけであり、しかもここでは「べ、ノ、イ、ッ、クの険しい山中にある」とされているが、その名も他の文書ではすべて「ベンウィック」（Benwick）だ。ただし「ベノイック」（Benoic）は『アルチュールの死』での語形である（一二七ページ）。

二枚あるうちの二ページ目は、インクで走り書きされていて、解読するのが非常に困難である。「かくしてガウェインとラーンスロットは憎しみ合い」の行で始まり、それに続く六行が繰り返されている（ただし「ベノイック」は「ベンウィック」に改められている）。その後は、次のように続く。

［?・そのため］虫が　花咲く大樹の
富と根すべてに　［（判読不能な語）］のときに穴を開け
そのためラーンスロットは二度と　主君に従って
はるか遠い辺境での　獰猛なサクソン人との戦いに行かなかった。
［（判読不能な行）］
ブリテンで災いが起きたとの　噂が海を渡って

遠い故国にいる　ラーンスロットの元に届いた。
アーサー王が　自分の国に対して兵を向けているとの噂が。
彼は待ち、行かなかった。　［?彼の］貴婦人からの
［?彼を呼ぶ］便りは来ず、　王からの
海を渡ってこいという招集も　彼の元には送られなかった
なぜなら善良なるガウェインが　グウィネヴィアの［?友たちを］
［（判読不能な語句）］

最後の語句は「不忠者と疑っていた」かもしれない。わたしは、このテキストは物語のこの場面の概要を、ごく初期に書き出したものではないかと思う。ちなみに、このテキストの次の行（二四四〜五ページ）

嫉妬が目覚め　喜びは陰った。
なぜならラーンスロットただひとりを除き　誰もが王妃の名が
称えられるのを聞きたがらず　みながそれを喜ばなかったからである――
忠義の心が衰え

は、二一五ページに掲載した概要Ⅰの「しかし王妃はラーンスロットを愛しており、彼への賞賛しか

聞こうとはしなかった。そのため下々の心には嫉妬が起こったが……」を連想させる。
ほかにもうひとつ、先のテキストが書かれた原稿とほぼ間違いなく関係があると思われる一枚のみの文書がある。その原稿と一緒に見つかり、テーマも同じで、ほとんど同じ行もひとつある。テキストは、次に示すとおり文の途中から始まっているが、先行するページは失われており、インクで大急ぎで書かれている。

アーサー王が　自分の国に対して兵を向けているとの噂が。
何度も彼は考えた。　便りは来るだろうか、
アーサー王は　戦に援軍として来てほしいと言ってくるだろうかと。
　今やモルドレッドの悪意は　彼の目に明白となり
かつては見えていなかった　多くの事柄を見た。
そして何度も彼は　海を渡ってくるよう求め
アーサー王の危急を救う　援軍として来てほしいと請う
命令が来ることを　望んだり疑ったりした。
あるいはおそらくブリテンから　やがて便りがあり
王妃が慰めてほしいと言って　彼を呼ぶのではないかと考えた。
　しかし便りは来ず　彼はその日を呪い
夜には暗い考えが　彼の胸中に生まれた。

王は打ち負かされ――王妃は寡婦となればいい。
モルドレッド［に］　ベンウィックの力を思い出し、
別の、よりふさわしい者が　あの王冠をつかむであろう。
彼の表情は険しかった。
エクトルはライオネルに言った

わたしの考えでは、この最後の言葉は、このテキストが、ラーンスロットとグウィネヴィアの物語をライオネル卿とエクトル卿の口から回顧的に語らせるという、放棄された工夫と関係があったことを示すものではないと思う。むしろ、それまでの経緯の一部を「ラーンスロットの回想として、嵐の発生時に描く」ことにし、その後「エクトルとライオネルが彼の無行動について話し合って苛立つ場面」（二五八ページ参照）でさらに詳しく描写するという構想を、父が備忘のために記した、独立したメモの一部と考えられる。「モルドレッドにベンウィックの力を思い出し」（In Mordred shall remember the might of Benwick）の行にある「に」（In）は、見る限りはっきりそう書かれているが、明らかに書き間違いで、おそらく正しくは「そうすればモルドレッドは」（Then Mordred）であろう。「あの王冠」とは、ブリテン王の王冠を指すと考えらえる。ブリテンでの災いが願わくばこういう結果になってほしいというラーンスロットの考えはまったく意外なものであり、草稿文書のどこにもこれに対応する個所はない。一方、概要Ⅰ（二一六ページ）と、同じく概要Ⅲ（二一九ページ）で描かれた彼の複雑な心境は、非常に腹黒い「暗い考え」が「彼の胸中に生まれ」るのに十分な土壌だと見なすことができよう。

話をライオネルとエクトル・バージョン（LE）と原稿Bとの一致の問題（二四二〜三ページ）に戻すと、実はこのほかにもうひとつ、明らかにLEよりも古い原稿が存在しており、ライオネルとエクトルは出てこないが、父は間違いなくこれを下敷きにしながらLEを書いたのである。

この古い原稿では、「神の嘉するベンウィックでは」の出だしは、ほかに数多くあるどの個所よりも古い形で書かれている。3行目は、LEと同じく「古い東方から、島々を求めて」となっている（二三七ページ）。しかし、それに加えて、LEでは新しくなっている個所（二二一ページ参照）が、ここでは次のようになっている。6行目の「蛮族に備えて」は「荒野に備えて」に、7行目の「塔をいくつも」は「塔を」に（それに伴い9行目の「それらの下では」は「その下では」に、12行目にふたつある「それら」は「それ」になっている）、そして10行目の「洞窟の並ぶ断崖」は「彫られた断崖」になっている。これも含め、多くの修正がこのテキストの余白に書き込まれているが、ここでは修正前のものを掲載する。

出だしの一節の後、本文は次のように続く。なお、二三七ページ以降に掲載のLEの本文も参照のこと。

さて、ベンウィックの領主　ラーンスロットは、
熱望に身を焦がしながら　つらい日々を送っていた。

かつて、　心正しき兄弟たちの中で
彼は無双の者だった。　賞賛と名誉と
人々の尊敬を　腕力と名声により
いつも勝ち取っていたが、　それも邪悪が大きくなり、
信義が分裂するまでだった。　王妃はあまりに美しすぎ、
騎士たる彼は気高すぎ、　その彼を捕らえた
網は強すぎた。　王妃としてだけ愛したのでもなければ、
奥方として愛したのでもなく、　ただ美しい女性として
彼は彼女を長く愛し、　それでいて主君アーサー王には
常に忠義を尽くしていた。　愛の方が強かった。
彼女の美しさによって　ついに彼は盲従し、
鋼のように誠実だった彼は　信頼を裏切った。
かくして終わりのない悲しみの　種はまかれた。
　常に見張っている目には　嫉妬が宿っている。
何よりもモルドレッドは　悪意に駆り立てられていた。
彼はラーンスロットを　その大きな名声のために敬愛せず、
王妃の寵愛を得ているために　彼の幸運を呪っていた。
彼はガウェインを憎んでいた。　立派で誠実で、

力が強く、不屈の精神を持ち、　気質は厳格で
王妃を信頼してはいないが　王を尊敬し、
優しい主人を　飽きることなく見守る
犬のように用心深かった。　そこで彼は策略により
ガウェインに語った。　グウィネヴィアを非難し、
ラーンスロットを　行ないよりも邪悪な嘘で
中傷した。　善良なガウェインの
怒りは激しかった――悲しみが彼の心を襲った。
こうしてアーサーの耳に　邪悪な知らせを、
苦い言葉を　王を最も敬愛する彼が伝えた。
こうしてガウェインは　グウィネヴィアの憎しみを買い、
ラーンスロットからの敬愛を　永遠に失った。
そしてモルドレッドはこれを見て　大笑いした。
円卓の騎士の　自由と友情は
激しい争いで　真っ二つに切り裂かれた。
素早く剣が　契りを結んだ兄弟たちによって引き抜かれ、
兄弟が兄弟を殺し、　怒りの中で血が流れ、
やがて王妃は捕らわれの身となった。　無慈悲な裁きにより、

彼らは王妃に死刑を宣告した。　しかし、その日は来なかった。
なぜならラーンスロットが　稲妻の炎のように
激怒しながら決死の形相で　馬の足音をとどろかせながら
急襲すると　手当たり次第に剣を振るって
かつての友らを　切り殺し、切り裂いたからだった。
彼は王妃を解放すると、　遠くへ連れ去った。
やがて激情が去り、　怒りが収まってくると、
彼の気持ちは揺らいだ。　円卓の騎士を、
彼の心正しき兄弟たちの　友情と自由を
滅ぼしたことを後悔して嘆いたが、　すでに遅く、
主君たるアーサー王の　愛を今なお求め、
誇らしく思ったことを悔い、　おのれの武勇さえも悔いた。
　彼に許しは与えられなかった。　彼は和解を求めた。
彼はこれから名誉を　心の痛みで清めようと思い、
王妃の身分を、　王の御慈悲により、
新たに回復してもらおうと考えた。　彼女は彼がまるで別人のようだと思った。
しかも彼女は　愛情と引き換えに
華麗な生活を手放す気はなく、　孤独な生活をほとんど好きになれなかった。

かくして苦しみの中、ふたりは別れた。　彼女は赦免を与えられ、
キャメロットの宮廷で　再び王妃となったが、
ガウェインはそれが不服だった。　アーサー王との和解を
ラーンスロットは得られなかった。　この国から追放され、
円卓の騎士から　騎士の身分を奪い取られ、
絶頂から落ちて　遠く離れた故郷へ
心ならずも帰った。　アーサー王は
心ひそかに苦悩を覚えた。　自分の屋敷は
並外れて美しい王妃を再び得たが、　そのため多大な犠牲を払い、
いざというとき頼りになる　最も気高い騎士を失ったことに苦悩した。
　うなる大海を越えて　この国から去ったのは
ラーンスロットだけではなかった。　彼と同族の諸侯たちは
数が多く、力も強かった。　マストにたなびく
数々の旗は、ブラモア、　力強きボールス、
ライオネルとラヴェイン、　そしてバンの下の息子で
忠実なるエクトルのものだった。　この者たちはブリテンを捨て、
ベンウィックへと渡った。　戦いでは二度と
アーサーを味方して　武器を持つことはしないが、

バンの高くて頑強な　塔に住まって
見張りを続け、　戦を拒み、
敬愛をもって　主君ラーンスロットを

ここに父はスペースを空け、その後、どうやら同じ時期に（それまでのテキストと連続する行番号を使って）別のテーマで文章を続けた。後に、「主君ラーンスロットを」に続く余白に、小さいがていねいな字で次の文章を書き込んだ。

暗黒の日々を過ごす主君を守護していた。　彼の苦悩は深く、
後悔をして　誇りは傷つけられ、
愛に尽くして　忠義を捨てたが
今では愛を失い　忠義を尽くしたいと渇望していた。

このテキストを、巻Ⅲの他の原稿の中でどう位置づけるべきかは定かでないが、さまざまな証拠から考えるに、最も古い原稿であるA（二二一ページ）に最も近い可能性が非常に高く、よって、これを便宜上**A***と呼ぶことにしたい。ただし、争いが起こった経緯の説明を読むと、これはどうしてもまったく違うものと見なさなくてはならない。この説明があるのは、この原稿と、そこから派生した「ライオネルとエクトル・バージョン」（二三七ページ参照）だけだからである。父がA*を目の前に置

いてLEを書き、その過程で、これをライオネルとエクトルの会話に作り変えたことは、明々白々だ。もし、A*は父が「ラーンスロットの巻」を書き始めたのと近い時期に生まれたという考えが正しければ、わたしが思うに、ラーンスロットとグウィネヴィアの物語をラーンスロットの親族である円卓の騎士二名の会話として語るというアイディアも、この詩の形成過程の早い段階で構想され、早い段階で放棄されたということになるだろう。

*

巻I

先に述べたように、この原稿A*では、円卓の騎士を分裂させた争いを説明した後、スペースを空けて、別のテーマについての韻文が、連続する行番号を使って書かれている。以下に、原稿のこの部分を示す。

　　　　　　　　　　戦いでは二度と　85
アーサーを味方して　武器を持つことはしないが、
バンの高くて頑強な　塔に住まって
見張りを続け、　戦(いくさ)を拒み、

敬愛をもって　主君ラーンスロットを
アーサー王は　鎧姿で東を目指し、
蛮族の領地で　戦をしようと決心し……　90

これが、後に詩全体の出だしとなる巻Iの冒頭部、つまり、東方から侵入してくる異教徒に対するアーサーの遠征を描いた場面が、草稿の文書に初めて登場する個所である。父が自分の詩の中でアーサー王の「東方遠征」に重要な位置を与えようと当初から考えていたというのは、可能性がかなり低そうだ。概要には、遠征への言及は一か所しかない。それが概要I（二一六ページ）の「彼［ラーンスロット］も彼の一族も、それ以降はアーサーのために戦うことはなく、ブリテンが攻撃を受けたと聞いたときも、アーサーの東方遠征を聞いたときも、アーサーに味方しなかった」である。また別の紙片には、巻の構成と順序を示す鉛筆書きのメモがいくつかある。そのひとつは、こうなっている。

I　アーサーが東へ
II　ラーンスロットと激しくなる嵐［（この後に判読不能だがグウィネヴィアへの言及あり）］
III　モルドレッド

別のメモでは、こうだ。

Ⅱ　グウィネヴィアの逃亡直後にアーサーの東征を行なう
Ⅲ　過去のいきさつの一部をラーンスロットの回想として、嵐の発生時に描く。エクトルとライオネルが彼の無行動について話し合って苛立つ場面で［?・さらに詳しく］
Ⅳ　ロメリルとガウェインの死

こうした複数の順序は、互いに矛盾しているし、詩の最新稿の構成とも一致しないが、おそらく、アーサーの東方遠征が物語の中心的な要素として登場したときの父自身の苦悩を反映しているのだろう。二番目のメモにある巻Ⅲの記述からは、父が回想シーンで語られるラーンスロットとグウィネヴィアの件と激しい争いの物語をどのような形で組み込むべきか、熟考していたことがうかがえる。二番目のメモのⅡについては解釈するのが難しい。

わたしは、個々の巻の原稿については執筆順を明らかにすることができるが、こうした構成上の変化が起きた順番を確実に解明することは不可能だったと認めざるをえない。しかし、現存するかなり大量の草稿資料を見ると、この原稿A*で、アーサー王による蛮族への大攻勢が突然、いわば「なんの前触れもなく」、『アーサー王の死』に取り入れられた可能性は、控え目に言ってもかなり高いと思われる。

この巻Ⅰ「いかにしてアーサー王とガウェインは出陣し、馬に乗って東方へ向かったか」の現存する最古の草稿と、最終稿との関係は、非常に特別なものである。なお、この最古の草稿はA*の後半に当たるが、前半と区別するため、以後、巻Ⅰの冒頭部の原文「Arthur Eastward」の頭文字を取って**AE**と呼ぶことにする。以下に、AEの本文から最初の二八行を示す。余白に記したのは、LT（最新稿）で（ほぼ）対応する個所の行番号である。

アーサー王は　鎧姿で東を目指し、
蛮族の領地で　戦(いくさ)をしようと決心し、
海を渡って　サクソン人の国へ向かい、
ローマの領土を　破壊から守ろうとした。（Ⅰ1–4）
異教徒の王たちの　館や神殿を
王の軍勢は攻め立て、　征服しながら進軍した。（Ⅰ41–2）
そして霧が立ち込める暗黒森の　わびしい端まで来た。（Ⅰ43以降は削除）

次の八行は、執筆時に本文に挿入されたもので、7行目以降に置くよう指示されている。

こうして時の流れを　押し戻し、
異教徒どもを服従させようと　王の心が考えたのは、
襲撃船団で来る彼奴(きゃつ)らに　ブリテン南部の
輝ける浜辺と浅瀬を　略奪目当てで（Ⅰ5–9）

盗みや破壊をするために　二度と襲わせまいと
願ったからであった。　大鴉どもが鳴き、
鷲たちが空で輪を描きながら　それに応える。
狼たちは森の端で　遠吠えしていた。
（I 76−8）

ラーンスロットの不在を王は嘆いた。　ライオネルとエクトルも、
ボールスもブラモアも　戦には来なかった。
しかし時代と　裏切られる運命が彼を突き動かし、
モルドレッドの悪意が　彼の計画を後押しした。
（I 44−5）

ガウェインは　策略や裏切りが潜んでいるとは思わず、
戦を喜んだ。
（I 35）
賛美されようとして
先頭のその先を　馬に乗って果敢に進み
「（削除）王の防塁となった。」　冷たい風が吹いた。
（I 79）
西から飛ぶように速く来た　緊急の知らせは、
戦が始まり、　ブリテンで災いが起きたと伝えた。
悩みやつれたクラドックが　王を探してやってきた。
休むことなく馬を走らせ、　着ている服はずたずたに破れ、
全速力で走った疲れと飢えにより　馬は倒れた。
（I 143−5）

もし誰かが、このふたつのテキストを予備知識なしに比較したら、その人は、この作者は長い方のテキストから行をいくつか拾い出して好きな順番に並べ替えたと思うかもしれない！　しかし、実際はその逆だったに違いない。この謎の答えは、わたしには次のようにしか考えられない。つまり、AEの最初の部分の数行は、父の頭の中で生き生きと正確に記録されて残っていたに違いなく（もしかすると、全文を記憶していたのかもしれない）、後にアーサーの遠征について内容がもっと充実した詩を書くことになったときに再び現れ、まったく違う文脈でも使われたのだと思う。だから、サクソン人の盗賊や狼藉者たちを攻撃した後で、カーカーと鳴く大鴉や、それで輪を描く鷲や、森の端で遠吠えする狼は、ブリテン島沿岸から遠く離れたわびしい土地に再び登場するのである。また、だから『アーサー王の死』の巻Ⅳの1行目で「狼たちが森の端で遠吠えしていた」のである。

しかし、先に引用した個所を過ぎるとAEは様変わりし、五〇行にわたってLTの巻Ⅰとほとんど同じ草稿になる。その部分は、次のように始まる。

彼はアーサー王に　悪い知らせを語った。（Ⅰ 151-200）
陛下が国を留守にするのが　長すぎました！
陛下が蛮族相手に　荒涼とした東方で
戦をしている隙に……

以下、あちこちに非常に小さな違いがあるだけだ。その後、ＡＥでは「怠惰な騎士たちの／信用できない剣や汚点のある盾で／我が軍の数を膨らませるより望ましい」（Ⅰ199-1）まで来ると、Ⅰ202-15に相当する部分が削除され、次のようになっている。

我が軍の数を膨らませるより望ましい。　ほかに何が必要でしょう？
ガウェインは忠臣ではないのですか？　かつて我らがともに立ち向かった
もっと巨大な悪意は　逃げ去ったではありませんか？

（Ⅰ216）

そして、最終稿と同じまま最後まで続く。ただし巻Ⅰ最終行の「復讐心」は「怒り」になっている。

父は、ここで終わっているＡＥの本文全体を、鉛筆で一気にすべて削除している、大量に存在する『アーサー王の死』の草稿文書のうち、巻Ⅰに関連するものは、これ以外には一枚だけの独立したページしかない。非常に読みやすい字で書かれており、「彼らの［（読み替え）おじ上の］友の姿がおじ上が戦う敵の中にいるという事態を」（Ⅰ194）で始まっている。明らかにこれは、巻Ⅰの本文を記したもののうち、ＬＴの直前か、そのひとつ前に位置する唯一現存する原稿だ。ＬＴの本文との違いはほとんどなく、ただひとつ大きく違っているのは、「アヴァロン島まで、無数の軍勢を集めていますが」以降のⅠ205-10に相当する部分が、このテキストでは次のようになっていることである。

これ以上に令名高く　気高い騎士や、
力の強い者や、　武勇で我らに匹敵する者を、
この先おじ上が集めることはないでしょう。　ここにいるのは地上の華。
これを人々は　見通せぬほどの長い時代、
灰色の冬に現れた　黄金の夏として記憶するでしょう。

ちょうどよいので、ここで巻Ⅰの最新稿にインクでていねいに施された重要な訂正をいくつか列挙しておく。

（Ⅰ9）「願ったからであった」に続く次の二行が削除されている。

盗みや破壊をさせぬためであった。　王のはやる心は
籠に鎖でつながれた　捕虜のようにいきり立っていた。

（Ⅰ25）「陛下の手で倒せぬ者などなく」は、修正前は「陛下の船は速く」だった。

（Ⅰ43）「征服しながら進軍した」に続く「そして霧が立ち込める暗黒森のわびしい端まで来た」が削除されている。一一〇ページと二五九ページを参照。

（I 56）「包囲された町から　最後に出撃するときのように」以降の次の文が削除されている。

包囲が突然　一掃され、
勇敢な者たちが　危ういところで運命を
空しくも見事な武勇で　逆転させ、
希望や危険に抗して　敵の大軍に向かっていくように、
ガウェインは軍勢を率いた。

（I 110－3）修正前の原稿では、以下のようになっていた。

　　　　　　　　そこへ夕暮れが
霧のかかった月とともに訪れた。　嘆き悲しむそよ風が
強い風の通った後に　枝のあいだでむせび泣き、
嵐の残風が……

＊

巻Ⅱ

先に示したように（二一一～二ページ参照）、父の当初の構想では、『アーサー王の死』はフリジア人の船が到着し、モルドレッドがキャメロットにいるグウィネヴィアを訪ねる場面から始まる予定だった。最も古いテキストでは、最初の巻に巻番号Ⅰが与えられ、その内容は「いかにしてフリジア人の船が知らせをもたらし、モルドレッドが王の上陸を阻止するため軍勢を集めたか」と説明されている。

巻Ⅱの最も古い草稿は、わたしがⅡａと呼ぶものだが（二一一ページ）、最終稿のⅡ109まで続いている。最初の草稿では、その後すぐに変更されたようだが、モルドレッドは、意外なことに、難破船の船長が届ける知らせについて語られる前にグウィネヴィアを訪ねることになっていた。モルドレッドは「西の塔にいて」（Ⅱ20）、「はるか下で海が岸を洗って砕ける」なか、窓から外に目をやっていた。その後はすぐ、こう続いている。

手足が輝く　黄金のグウィネヴィアに、
男どもの心を　狂気で満たすグウィネヴィアに、
欲望によって悩まされていた　彼の思いは向けられた。
彼は傾斜が急な　回り階段を降り、
彼女の幸せあふれる寝室へ向かった……

しかし、これは（どうやら書いた直後に）次のように書き換えられた。

彼の思いは　欲望に悩まされて
手足が輝く　黄金のグウィネヴィアに向けられた。
男どもの心を　狂気で満たし、
とても美しいが残忍で、　か弱いが石のように冷たく、
貞節だが信用ならない王妃に向けられた。　彼はたとえ塔を征服しても、
たとえ玉座を奪ったとしても、　欲望は満たされないだろう。
幸せあふれる寝室の……

書き換えられた部分はＬＴに近くなり（Ⅱ25－32参照）、「傾斜が急な回り階段」（Ⅱ42）を下りていくのではなく、城の屋上に向かって上っていくようになった。

以下に、これ以降で巻Ⅱの最も古いテキスト（Ⅱａ）と二番目に古いテキストⅡｂ（二二二ページ）がＬＴと違っている点を列挙する。ただし、単語の差し替えや語順の入れ替えなどによる変更（多くの場合、韻律上の理由によって行なわれた）の多くは省略した。なお、Ⅱｂの表現は多くがＬＴに残り、その後に本文が書かれてから削除されたり書き換えられたりした。ＬＴでの対応個所は、本書に印刷された行番号で示した。

（Ⅱ47－65）

テキストⅡaは、次のようになっている。

召し使いたちが彼を探して　足音を立てぬよう
館や詰め所を走り回って　急いで見つけようとしていた。
閉じられ守られた　王妃の部屋に来ると
彼らは疑いながらも　オークでできた扉の前で立ち止まった。
すると従者アイヴァーが　熱心な言葉を
大きく響かせた。「ご主君！」と彼は呼んだ。
「知らせが届いております——時間が過ぎていきます！
急いで出てきてください！　時はわたしたちに
ほんのわずかな小休止しか与えてくれません」　堅い木材でできた扉を
彼は激しく揺すった。　眠そうで不機嫌そうな声で
モルドレッドは答え、　そこに石のように立って
不愉快そうににらむと、　家来たちは震えあがった。
「たいそうな知らせだな、　おまえたちは眠りを殺し、
我が王城を　暴徒どもで荒らすのだから！」
アイヴァーが答えた。「ご主君からの急ぎの任務に従って
フリジア人の船長が　飛ぶような翼に乗って

フランスから逃れてきましたが、　彼の呪われた船は
座礁して壊れました。　彼はまだ息をしていますが、
命は尽きようとしていて、　唇がわないていいます。
ほかは全員死亡しました」

ⅡbとLTでは、モルドレッドに対するアイヴァーの返答がⅡaから引き継がれている。Ⅱ60―4は、LTでの修正である。

（Ⅱ70―3）　これらの行は、LTに鉛筆で書き加えられたものである。ⅡaとⅡbでは次のようになっている。

忌むべき男クラドックが　ご主君の計画を暴露し、
アーサーの耳には　ご主君の行ないや意図について……

（Ⅱ80―4）　ⅡaとⅡbは次のようになっている。

ホワイトサンドはボートと　小舟と荷船で
あふれかえっていて、　まるで騒々しいカモメたちの会議のようです。

船の側面には……

（Ⅱ90－1）　Ⅱaは次のようになっている（ⅡbはLTと同じ）。

憎しみに忠実で、　忠実さを軽蔑し、
裏切り者である主君に　忠誠を誓うラッドボッドは、
定めのとおりに死んだ。

（Ⅱ101－5）　Ⅱaは次のようになっている。Ⅱbは、「移り気」が「偽り」になっている以外は同じである。

ログレス中に散らばらせ、　諸侯や太守のうち
集結の約束を確かに守ると　信頼できる者へ遣わした。
移り気に忠実な者、　アーサー王の敵、
ラーンスロットを愛する者、　富に引かれて……

この一節はLTの原稿に残り、差し替えた文章が余白に書きこまれている。

（Ⅱ108−9）　ⅡaもⅡbも、次のようになっている。なお、Ⅱaはここで終わっている。

アルメインとアンゲルや、　北の島々から来た者たちが集まった。
海岸と冷たい沼地から　鵜が何羽もやってきた。

ここから先に挙げるのは、すべてⅡbの（修正前の）本文である。対応するLTの行番号は余白に記した。

（Ⅱ110−20）　彼はキャメロットに来て　王妃を探した。
彼は彼女を、情欲を抱きながら　輝く目で見つめた。
彼女は鮮やかな灰色の目で　彼の凝視を
堂々とひるむことなく見返したが、　王妃の頬は青白かった。

父はLTでこの一節を繰り返したが、これを削除し、別の紙で111行目の「王妃は彼が階段を大股で」で始まる長いテキストと差し替えた。119行目の「冷たく」（chill）は差し替えられたもので、当初は、疑問の余地はあるが、「動かず」（still）だった。

（Ⅱ128−33）　響かぬ宮廷でお暮らしだ。　夜は退屈だ。

しかし今後は、愛されなかったり　王妃らしく扱われなかったりして
これより低い生活を　送ることは絶対にないでしょう。
王があなたに求婚し……

これはⅡbで鉛筆書きにより次のように差し替えられた。

響かぬ宮廷でお暮らしだ。　しかし今後は絶対に
愛されない生活を送ることも、　王妃らしく扱われぬこともないでしょう。
運命は変わるのです――正しい選択さえすれば。

LTの最終的な文章は、原稿の余白に書かれている。

（Ⅱ144―7）　Ⅱbの本文のこの部分については、二一三〜四ページを参照。

（Ⅱ157―65）
欲望を満たそう。
熱望に悩まされていては　人生は忌まわしいのだから。
その後にわたしは王となり、　黄金の王冠をかぶろう」
すると誇り高いグウィネヴィアは、　内心驚き、

恐怖と嫌悪に挟まれ、　かつては
美しさを武器にして　強奪されるより求められることに
慣れていたので、　本心を隠してこう言った。
「殿さまは熱心に　求婚してくださいました！
わたしに少し時間をください……

（Ⅱ176−7）　この二行はⅡbにない。

（Ⅱ213）　時の新たな流れを　自分に有利になるよう仕向けなくてはならなかった。

＊

巻Ⅳと巻Ⅴ

巻Ⅳでは、テキストの変遷は容易に追うことができる。最初の原稿は、後のテキストを頼りにしないと一向に理解できず、詩のテキストというよりも、父が「ペンを使って考えた」記録である。もしかすると父は、すでに頭の中で作って記憶していた韻文を、ある程度具体的に書いてみようとしていたのかもしれないが、それでも父が最初から、しばしば頭韻を踏むフレーズを数種類書き出して試行錯誤を繰り返しながら詩を作っていたのは間違いない。
　この原稿は、すでに最新版のテキストに非常に近い。これに続くのが、急いで書かれているが判読可能なテキストで、いつもどおりの方法で若干修正されており、これが本書に印刷されたテキスト（LT）につながっていく。LTでは巻Ⅳの一節が削除され、別の、もっと長いバージョン（Ⅳ137－54）が、別の紙にインクを使って同じようにていねいに書かれた。削除された本文は、以下のとおりである。

アーサー王の横に　一艘の巨大な船が
激しい勢いで現れた。　朝日を浴びて輝く船は、
木材が白く高く、　船体には金色が施されていた。
その帆には　昇る太陽が縫いつけられており、
風になびく　旗には
黄金の炎のように　光り輝くグリフォンが刺繍されていた。
かくしてやってきたのはガウェイン。　国王を守護して、
先頭へと急ぎやってきたのだ。　今や、船団全体が視界に入ってきた。
一〇〇艘の船が　船体を輝かせ、
幕を膨らまし、　盾を揺らせて近づいてくる。
合計一万枚の　盾が吊るされていて……

テキストに鉛筆で施された数少ない修正にも触れておこう。

24行目の「ガラスの粒のように輝きながら落ちた」は、差し替え前は「ガラスの粒のようにきらめきながらチリンと鳴った」。

98～9行目は、余白に書き加えられていたものである。

209～10行目の「あるいは容赦ない収穫者の前で／茎が倒れるように、あるいは霧が／強烈に光り輝く朝日の前で吹き飛ぶように」は、差し替え前は「あるいは容赦ない収穫者の前で／椋鳥たちが飛び去るように、あるいは霧が／強烈に光り輝く朝日の前で溶けるように」。

なお、わたしが示した巻Ⅳのタイトル「いかにしてアーサー王は朝に帰還し、ガウェイン卿の手によって海の道を勝ち取ったか」は、差し替えられたもので、インクで書かれていた当初のタイトルは「ロメリルでの日没について」だった。これは後に巻Ⅴのタイトルになった。

＊

巻Ⅴについては、詩の草稿は何ひとつ現存していない。

〈注〉

(1) A（のみ）の余白には、Ⅲ75に相当する行の「妖精に劣らず美しい」(fair as fay-woman) に対して付けられた注目すべきメモ書きがある。そこに父は「美しくて欠点のない」(fair and faultless) と書いている (fautless は非常にはっきりと読める)。

(2) LT（最新稿）では、この行は「彼は信義の誓いに戻ろうとしたが、信義の誓いを拒絶され」(to faith returning he was faith denied) となっており、それが鉛筆で「信義を破った男は信義の誓いを拒絶され」(faith was refused him who had faith broken) に修正されている。

(3) この二行「この世に現れて……しかし、もっと邪悪なものがある」は、「破滅を招く美しさがあるが、しかし、もっと非難すべきものがある。(それは、常に見張っている……)」と差し替えられたものである。

(4) ガウェインのこと。三行後の「彼」も同じ。

(5) ここは当初は「王妃の寵愛に対する／冷たい不信を隠していたのに。運命に呪いあれ！」だった。

付録

古英語詩

父が書いた唯一の「アーサー王伝説の」詩では、古英語の「頭韻詩」が使われたことに大きな意味があるのだから、本書のどこかで、その基本的特徴について、できることなら父自身の言葉で何らかの説明をする方がよいように思う。父による古い詩形の解説は、実はよく知られていて、J・R・クラーク＝ホール訳『ベーオウルフ』のC・L・レンによる新版（一九四〇年）に寄せた「序文」に現れている。この「序文」は、J・R・R・トールキン著『怪物たちと批評家たち 評論集The Monsters and the Critics and Other Essays』（一九八三年）に再録されている。さらにわたしは、その一部を『トールキンのシグルズとグズルーンの伝説〈注釈版〉』（二〇〇九年）にも引用した。

一九三八年一月一四日、ＢＢＣで、「アングロサクソン語の韻文Anglo-Saxon Verse」と題して父が語る短い録音番組が放送された。この番組に父はかなりの思索と労力を費やしており、そのことは事前の草稿が大量に残っていることからも明らかだ。ところで、実を言うと、父は後年このテーマについて、聴衆を実際に目の前にして、もっと長い講演を行なっている。この講演は先のラジオ番組と密接な関連があるが、まったく別のものである。「序文」と同じ時期のものだが範囲も文体も非常に異なっているので、わたしは、本書のため講演の一部を抜き出し、若干の編集を加えて掲載すると面白いのではないかと考えた。

父は例として、古英語詩『ブルナンブルフの戦い The Battle of Brunanburh』の結末部分を取り上げ、頭韻を踏んだ現代英語訳を作った。講演の原稿は、後に大幅に修正され、おそらく講演時間を考慮して、多くの個所に削除の印が付けられた。1行目に現れる「今年の秋から一〇〇六年前」は、執筆年が一九四三年であることを示しており、この年代は、その後まず「一〇〇八年前」に改められ、次いで「去年の秋から一〇一一年前」に変えられた。これはおそらく、それぞれの年に別の場所で同じ講演をしたということだろう【以下、講演原稿の抜粋】。

Ne wearð wæl máre
on þýs églande　ǽfre gýta
folces gefylled　beforan þyssum
sweordes wecgum, þæs þe ús secgað béc,
ealde úþwitan, syððan éastan hider
Engle and Seaxe　úp becómon
ofer brád brimu, Brytene sóhton,
wlance wígsmiþas　Wéalas ofercómon,
eorlas árhwate　eard begéaton.

No greater host
of folk hath fallen before this day
in this island ever by the edge of swords
in battle slaughtered, as books tell us
and ancient authors, since from the east hither
Saxon and English from the sea landed,
over the broad billows Britain assailing,
the Welsh smiting on war's anvil,
glory seeking great men of old,
in this land winning a lasting home.

このように宮廷詩人が歌ったのは一〇〇〇年前――正確には今年の秋から一〇〇六年前で、九三七年に起きた大規模なブルナンブルフの戦いを記念するためだった。非常に大きな戦いであり、そのため後世まで「大戦」(magnum bellum)として記憶されていた。勝ったのは、当時最も偉大な君主のひとりで、アルフレッド大王の孫であるアセルスタン。敵は、スカンディナヴィア・スコットランド・ウェールズの王や族長たちの連合軍だった。この数行は、いわゆる『アングロサクソン年代記』に組み込まれた短い詩(全七三行)の結末部である。つまりこの詩は一〇世紀のもの、すなわち、エセルウルフィング朝の偉大な王たち(つまり、エセルウルフとその息子アルフレッドの子孫)の時代、イングランド人が九世紀の大混乱から復活した時代のものだ。一〇世紀からは、散文であれ韻文であれ、文書の大半が、その後の時代の試練を乗り越えて現代のわたしたちの手元に残されている。ヴァイキング侵入以前の、もっと古い時代は廃墟と化して消えてしまった。このもっと古い時代は英語詩の最初の最盛期で、その時代から現代まで伝わっているのは、一〇世紀の写本に残っているものしかない――しかも、ごくわずかな断片があるだけだ。

「アングロサクソン」という言葉は、五世紀の記録に初めて現れる。実際、「ブリトン王」(Bretwalda)や「カエサル」(Caesar)といった仰々しい称号とともに「Ongulsaxna cyning」つまり「アングロサクソン王」を自称したのは、ほかならぬアセルスタン王である。しかし彼は「アングロサクソン語」を話すことはできなかった。そもそもそういう言語が存在しなかったからだ。王が話していた言語は当時の言葉で「Englisc」つまり英語である。チョーサーは「英語詩の父」だという話を聞いたことがあるかもしれないが、そんな話は忘れた方がいい。英語詩には、書き言葉による芸術表現に限って考えたとしても、記録に残る父などおらず、その始まりは、わたしたちには知ることのできない、古代北方の霧の中にある。

だからアングロサクソン語について語るというのは間違いであり、誤解を招く。歴史上の「アングロサクソン時代」、つまり一〇六六年以前については語ることができる。しかし、これはあまり有効な呼び名ではない。単一の統一的な「アングロサクソン」時代などというのは存在しなかった。五世紀に起きた、アングル人のブリテン島到来について、『ブルナンブルフ』の詩人は一〇世紀に語っているが、それは彼にとってははるかに遠い過去であり、彼の時代とは様子が大きく異なっていた。現代のわたしたちにとって、ばら戦争が遠い昔であるのと同じことだ。

しかし、待ってほしい。「アングロサクソン時代」は六〇〇年にわたる。その長い年月のあいだ、自国語による偉大な文学（これに話を限定する）が——ここでは「文学」という言葉を、教養と学識のある人間によって書かれた書籍という本来の意味で使うことにする——生まれ、衰退し、ある程度復活したのである。現在残っているのは、非常に豊かな財産の、ボロボロになったかけらだけだ。しかし、残されているものを見てみると、古いか新しいかを問わず、当時の韻文すべてに共通する特徴がひとつ見つかる。それが、古い英語の韻律と作詩技法である。これは現代の韻律や技法とは、規則の点でも目的の点でもずいぶん異なる。「頭韻」詩と呼ばれることが多いが——これについてちょっとひとこと言わせてほしい。「頭韻」は、アングロサクソン時代を通じて英語による詩に用いられ、英語詩には「頭韻」しか使われなかった。しかし、それが一〇六六年に止まったのだ！　北ヨーロッパと西ヨーロッパでは、その後も少なくとも四〇〇年は使われ続けた。書籍のための（ということは、聖職者か俗人かを問わず教養ある人のための）韻文のうち、この「頭韻」技法は手が込んでいて非常に洗練されていた。これが使われたのは、教養ある人々から賞賛され、評価されていたからで、哀れな「サクソン人」がほかの技法を知らなかったからなどではない。事実、彼らはほかにも技法を知っていた。当時のイングランド人は韻文に関心を持っていて、韻律を使いこなす達人であることも多く、ラテン語で書くときも、多くの古典的韻律を使ったり、わたしたちが「脚韻」と呼ぶ形式で詩を作ったりできた。

さて、この「頭韻」にはそれ自体に優れた特徴がいくつもある。つまり、現代の詩人にとっても技法として研究する価値が十分にあるということだ。しかも、古典語の模範とは無関係の土着の芸術である点も興味深い（あくまで韻律についてであって、素材の話ではない。当時の古英語の詩人たちは、ギリシア語やラテン語の本から取った素材に頭韻詩を使うことも多かった）。すでにアルフレッド王の時代には、その歴史は長かった。実際、アングル人がブリテン島に来る以前の時代から伝えられたもので、最も古い古ノルド語（ノルウェー語とアイスランド語）の詩で使われた韻律とほぼ同じだ。北方の国々での太古の昔を扱った膨大な量の口承詩は、イングランドの吟遊詩人たちに知られていたが、今ではほとんど残っておらず、伝わっているのは、例えば英雄や伝説を歌った歌のテーマを集めた韻文形式の一覧［『遠く旅する者Widsith』のこと］、つまり今では忘れられたか、ほとんど忘れられている王や英雄たちのリストくらいのものである。

古英語の韻律を正確に説明し、どのように機能して、何ができて何ができないかを示そうとすれば、一〜二時間ほどかかるだろう。簡単に言えば、この韻律は、二個の強勢を主な要素として持つ、日常言語の最も一般的で最も簡潔な六種の語句パターンを用いることで作られる。そのパターンには、例えば次のようなものがある（例は、前掲の『ブルナンブルフの戦い』現代英語訳から取った）。

A　glóry séeking
B　by the édge of swórds
C　from the séa lánded

E　gréat men of óld
［後に追加　D　bríght árchangels］

この中から、通常は異なるものをふたつ選び、それを対句のように並べて完全な一行を作る。ふたつの半行を結びつけてつなぐのが、一般に「頭韻」と呼ばれるものである。ここで誤解してほしくないのは、頭韻は文字やスペルで決まるのではなく、音で決まるということだ。まさしく単語の「頭」で短く「韻」を踏むから「頭韻」なのである。

それぞれの半行で中心となる音節――音が最も大きく（強勢が最も強く）、音調が最も高く、意味が最も大きい音節――は、同じ子音で始まるか、母音（つまり子音なし）で始まらなくてはならない。

例えば　in **b**attle slaughtered　as **b**ooks tell us
または　**g**lory seeking　**g**reat men of old
または　**a**ncient **au**thors　since from the **ea**st hither

最後の例では、前の半行に「頭韻音」がふたつある。ふたつの場合が多いが、必ずそうしなければならないわけではない。後ろの半行には頭韻音がふたつあってはならない。最初の重要な音節だけが、「頭韻を持つ」つまり韻を踏まなくてはならない。これには重大な意味がある。後ろの半行では最も重要な単語が最初に来るよう、常に語順を調整しなくてはならないからだ。このため、古英語詩の行末では勢いと音量と意味が必ず低下し、だから行頭で再びネジを巻くことになる。しばしば新たな行の先頭では、前行の末尾を、もっと力強い形で繰り返すこと、つまり、何らかの変化を付けることが多い。例えばこうだ。

as books tell us //and ancient authors　　書物や／／古代の著述家が教えてくれるように
from the sea landed, // over the broad billows　　海から、／／広大な大洋を越えて上陸し

そのため、どの古英語詩も類似表現や単語のバリエーションが豊富である。しかし、当然ながら古英語詩には、単なる音声パターンのほかにも、さまざまな特徴が山のようにある。まずは語彙と語法だ。それは「詩的」だった。初めて書き記されて残った英語詩の中に、すでに詩語の豊かな語彙を見いだすことができる――当時も今と同じように、こうした単語は大部分が「古語」で、日常生活ではある程度、あるいはまったく使われなくなった古い単語や語形だったが、詩の伝統によって保持されていた。

ケニング。詩に現れる「なぞなぞ」のような表現は、「ケニング」（kenning：アイスランド語で「説明」を意味する語）とも呼ばれ、古英語詩の、とりわけ精巧な詩で見られる語法上の大きな特徴であり、主要な詩的表現手段のひとつである。例えば詩人が bān-hūs（骨の家）と言うとき、それは単に「体」を言い表そうとするだけでなく、その言葉を聞く者に、柱と梁を組んで粘土をあいだに詰めていくという昔風のやり方で家が建てられる様子を（ほとんど電光石火の速さで）連想させ、家が骨格

や肉体と似ていることに気づかせようとしているのだ。beado-léoma（戦いの炎）といえば、それは「剣」――白日の下で引き抜かれて突然輝く明るい刃――という意味であり、同様にmerehengest（海の馬）は「船」を、ganotes bæð（カツオドリの浴場）は「海」を意味する。古英語の詩人はイメージを好んだが、それが唐突で確実で簡潔であればあるほど高く評価された。比喩を説明することはなかった。よく注意して機転を利かせて、詩人の言いたいことと見ていることをすべて理解しなくてはならなかった。

年代記のようなブルナンブルフの戦いの詩では、詩人はウェールズ人を打倒したwlance wigsmiþasについて語っている――直訳すれば「すばらしい戦の鍛冶屋」という意味である。もしそうしたいのなら、「戦の鍛冶屋」は「戦士」を意味する「韻文でのケニングにすぎない」と言ってもいい。そうすれば、これは単なる論理と統語法の中に収まる。しかし、この語を作って使用したのは、「戦士」を意味するためであると同時に、戦いの様子を音で描写し、視覚で描くためでもある。わたしたちにはそれが分からない。なぜなら、わたしたちは誰も鋼や鉄の武器を手で振り回して戦う様子を見たり聞いたりしたことがなく、昔風の鍛冶屋が鉄床の上で鉄を叩いて鍛える様子を見たことのある者も、今ではほとんどいないからだ。こうした戦いで金属の鳴り響く音は、はるか遠くまで聞こえた。それはまるで大勢の男たちが金属棒をハンマーでたたいて鉄製の籠に入った樽を切り刻もうとしているかのようであり、さらに言えば、耳にしたことのある者にとっては鍛冶屋が鋤の刃先を叩き出したり金網を作ったりしている音に聞こえたことだろう（鍛冶屋の音は当時は誰もが耳にしていた）。しかも鍛冶屋はひとりではなく、何百人もが競い合って叩いているのだ。それに、近づいて見てみると、剣や戦斧の上げ下げからは、鍛冶屋がハンマーを振り下ろす様子を連想するだろう。

古英語詩の技法を説明する時間はもう残っていない。しかし、興味深い点があることは分かってもらえたと思う。それに、これを現代語訳しようとするのは、単語をしっかり理解するのに決して悪い訓練ではない――すでに最近では誰もが言葉を恐ろしいほど疎かに扱っているが、言葉は本当にすばらしいものだ。今やわたしたちの言語は（音節が）高速で動き、非常に柔軟かつ軽快だが、音はかなり弱く、意味も分かりにくくて曖昧なことが非常に多い。わたしたちの祖先の言葉は、特に韻文では、ゆっくりとしていて、それほど軽快ではなかったが、音が非常によく響き、ギュッと小さく簡潔にまとめられていた――あるいは、優れた詩人の手にかかれば、そういうふうにすることができた【講演原稿の抜粋はここまで】。


この講演には、父自身の「頭韻詩」から四つの節が添えられている。ひとつ目は『ナルゴスロンドに冬が来るWinter Comes to Nargothrond』の第三バージョンで、『ベレリアンドの歌The Lays of Beleriand』（一九八五年）一二九ページに掲載したものとほぼ同じである。ふたつ目は頭韻詩『フーリンの子らの歌Lay of the Children of Húrin』の1554〜70行目の節で、細かな違いが数多くある（さらに発展させたバージョンは、『ベレリアンドの歌』一二九〜一三〇ページに掲載）。

最も注目すべきなのは、三つ目と四つ目の抜粋が『アーサー王の死』から取られていることだ。このうち最初のものは、インクで書かれたⅢ 1-10（「南では眠りから……」）で、句読点が違うだけである。後に父は、鉛筆で「闇がゆっくりと下りた」（これに父は「D」と記した）までの四行を書き加え、抜粋のわきに「叙事体」と書いた。

『アーサー王の死』からの二番目の抜粋は、Ⅰ183から211までで、内容はⅠ200「信用できない剣や汚点のある盾で」が削除され、207行目が「月の下であれ日の下であれ、人間が住む地上に」に変わっている以外は、本書で掲載したテキストと一致している。このテキストで注目すべき特徴は、各行のわきに父が強勢の強弱（「揚音」と「抑音」）のパターンを示す文字を次のように半行ごとに記していることだ（二八四～五ページ参照）。

Arthur speaks:

B C　Now for Lancelot　I long sorely
B B　and we miss now most　the mighty swords
C A　of Ban's kindred.　Best meseemeth
E A　swift word to send,　service craving
B C　to their lord of old.　To this leagued treason
B A　we must power oppose,　proud returning
B A　with matchless might　Mordred to humble.
A A　Gawain answered　grave and slowly:
A C　Best meseemeth　that Ban's kindred

+A　C　abide in Benwick　and this black treason
A　B　favour nor further.　Yet I fear the worse:
B　C　thou wilt find thy friends　as foes meet thee.
B　C　If Lancelot　hath loyal purpose
+A　B　let him prove repentance,　his pride foregoing,
C　C　uncalled coming　when his king needeth.
+A　A　But fainer with fewer　faithful-hearted
C　B　would I dare danger,　than with doubtful swords
B　C　our muster swell.　Why more need we?
B　B　Though thou legions levy　through the lands of Earth,
A　C　fay or mortal,　from the Forest's margin
+A　A　to the Isle of Avalon,　armies countless,
A　A　never and nowhere　knights more puissant,
A　C　nobler chivalry　of renown fairer,
A　B　mightier manhood　upon mortal earth
B　C　shall be gathered again　till graves open.
+A　B　Here free, unfaded,　is the flower of time
+A　B　that men shall remember　through the mist of years

B　C　as a golden summer　in the grey winter.

見てもらうと分かるとおり、この抜粋にはDの半行がなく、Eの半行はひとつしかない。「+A」をという印は、ここでは、Aの半行で最初の揚音の前に置かれた抑音「行首余剰音」があることを示すのに使われている。Bと記された202行目の「Though thou legions levy」と211行目の「as a golden summer」にある「levy」と「summer」は、「不完全揚音」と言って、強勢のある長い音節の代わりを、強勢のある短い音節とその後に続く弱音節のセットが果たしている。

この抜粋には、この節の文体が記されており、ほどんと判読不能だが、どうやら「演劇的かつ修辞的」と読めそうである。

＊

訳者あとがき

ファンタジー小説『指輪物語』(『ロード・オブ・ザ・リング』)や『ホビット』(『ホビットの冒険』)を書いたイギリスの作家J・R・R・トールキン(一八九二~一九七三)。彼が創作活動の基盤として、イギリスなどヨーロッパ各地に伝わる神話や伝説に強い興味をいだいていたことは、よく知られている。さらに彼は、イギリスのオックスフォード大学で教授をつとめた比較言語学者・文献学者でもあり、古英語などさまざまな言語について深い知識をもっていた。そのトールキンが、イギリスで最も有名な伝説ともいうべきアーサー王伝説を古い韻文の形で再構成したのが、本書『トールキンのアーサー王最後の物語』である。

アーサー王伝説は、ファンタジー系のゲームや小説などを通じてなじみのある人も多いだろう。アーサーは、若くしてブリテン王に即位すると、国を統一して覇を唱える。しかし、遠征中に留守をまかせていた甥(じつは姉との近親相姦で生まれた実子)モルドレッドに謀叛を起こされる。一騎打ちの末になんとかモルドレッドを討ち果たすものの、アーサーは自身も致命傷を負い、船でアヴァロン島へ運び去られる。これが伝説の大枠である。トールキンは、このうち遠征以降の物語を、王妃グウィネヴィアとの恋を終わらせたラーンスロットの描写もくわえながら、『アーサー王の死 The Fall of Arthur』という詩にまとめようとした。

トールキンが再構成した古い神話・伝説には、本作以外にも、イギリスの古い叙事詩『ベーオウルフ』、フィンランドの民族叙事詩『クレルヴォ物語』、そして北欧神話の『シグルズとグズルーンの伝説』がある（三作とも邦訳が原書房より出版されている）。しかし、本書はこの三作とは異なり、トールキンが執筆を途中で断念したため物語が未完で終わっている。さらに本書では、従来の伝説を大胆に再解釈して独自の物語を描き出している。とくにラーンスロット、グウィネヴィア、モルドレッドの三人の人物造形が、従来の人物像とはずいぶん異なっている。これについては、本書の編者でトールキンの御子息であるクリストファー氏が論考「本詩とアーサー王伝説の関係」と「詩の成立過程」で詳しく論じている。また「本詩とアーサー王伝説の関係」では、アーサー王伝説の歴史にもふれており、その点でも非常に興味深い。

トールキンの名に引かれて本書を手にした読者のなかには、トールキンの小説『シルマリルの物語』に登場するトル・エレッセアの都市アヴァルローネの名が、アーサー王伝説に出てくる島アヴァロンと関係があるのではと思っていた方もおいでだろう。本書のもうひとつの論考「詩の未完部分と、その『シルマリルの物語』との関係」では、名前の借用だけでなく、詩『アーサー王の死』と『シルマリルの物語』とが、その構想段階から互いの内容に影響を及ぼしあっていたことが明らかにされる。とくにここでは『The History of Middle-earth』（日本語未訳）からの引用が多く、トールキンのファンにとっては、新たな角度から物語世界を理解する一助になるのではないかと思う。

クリストファー氏の論考も素晴らしいが、やはり本書の魅力は、トールキンが現代英語をもちいて、古英語で盛んに使われていた頭韻詩という形式で詩を書いている点にある。その巧みさは英語詩の原文を読むとよく分かるのだが、本邦訳では紙面の都合により原文を掲載することができなかった。できることなら原詩の素晴らしさが翻訳でも伝わるようにしたかったのだが、恥ずかしながらわたしの力量ではむずかしかった。そこで詩の翻訳では、詩の形式よりも内容の正確さを優先させた。また、できるだけ原文と訳文が行単位で対応するよう心がけた。なお、「付録」では、解説のため原文の一部がそのまま掲載されている。わずかではあるが、これでトールキンの才能の一端を感じていただけたらと思う。

本書は、J. R. R. Tolkien, edited by Christopher Tolkien, *"The Fall of Arthur"* (HarperCollins, 2015, Paperback edition) の翻訳である。トールキンの書籍からの引用については、邦訳がある場合は、できるだけ既訳をもちいることとしたが、訳語等を統一させるため新たに訳したものもある。また、『シルマリルの物語』に登場する「エアレンディル」(Eärendil) と「エアルラーメ」(Eärrámë) は、本書では「エアレンデル」(Eärendel)、「エアラーメ」(Eärámë) と表記されている。表記が違う理由は不明だが、本書では原書に従い「エアレンデル」「エアラーメ」とした。

本書が読者諸賢にとって、アーサー王伝説やトールキンの物語世界にさらなる興味をもつきっかけとなれば幸いである。

最後に、本書の翻訳において、いろいろお世話になった原書房の寿田英洋氏と廣井洋子氏、およびオフィス・スズキの鈴木由紀子さんに深く感謝いたします。ありがとうございました。

二〇一九年一月

小林朋則

J・R・R・トールキン（J.R.R. Tolkien）

1892年1月3日、南アフリカのブルームフォンテーンに生まれる。第1次世界大戦に兵士として従軍した後、学問の世界で成功をおさめ、言語学者としての地位を築いたが、それよりも中つ国（ミドルアース）の創造者として、また古典的な大作、『ホビット』、『指輪物語』、『シルマリルの物語』の作者として知られている。その著作は、世界中で60以上もの言語に翻訳される大ベストセラーとなった。1972年に、CBE爵位を受勲し、オックスフォード大学から名誉文学博士号を授与された。1973年に81歳で死去。

クリストファー・トールキン（Christopher Tolkien）

1924年11月21日、J・R・R・トールキンの三男として生まれる。トールキンから遺著管理者に指名され、父親の死後、未発表作品の編集・出版に取り組んでいる。とくに知られているのは、『シルマリルの物語』、『中つ国の歴史（The History of Middle-earth）』、『トールキンのベーオウルフ物語〈注釈版〉』（岡本千晶訳、原書房）、『トールキンのシグルズとグズルーンの伝説〈注釈版〉』（小林朋則訳、原書房）。妻ベイリーとともに、1975年よりフランス在住。

小林朋則（こばやし・とものり）

翻訳家。筑波大学人文学類卒。おもな訳書に、J・R・R・トールキン／クリストファー・トールキン『トールキンのシグルズとグズルーンの伝説〈注釈版〉』、ミクローシ『イヌの博物図鑑』（以上、原書房）、キダー／オッペンハイム『1日1ページ、読むだけで身につく世界の教養365』（文響社）、マッキンタイアー『キム・フィルビー かくも親密な裏切り』（中央公論新社）、アームストロング『イスラームの歴史』（中公新書）など。新潟県加茂市在住。

THE FALL OF ARTHUR
by J.R.R. Tolkien
edited by Christopher Tolkien
Originally published in the English language by HarperCollinsPublishers Ltd. under the title:
The Fall of Arthur

This edition published by arrangement with HarperCollinsPublishers Ltd, London
through Tuttle-Mori Agency, Inc., Tokyo

トールキンのアーサー王最後(おうさいご)の物語(ものがたり)
〈注釈版〉

2019年3月10日　第1刷

著者………J・R・R・トールキン
編者………クリストファー・トールキン
訳者………小林朋則(こばやしとものり)

装幀………川島進デザイン室
本文組版・印刷………株式会社ディグ
カバー印刷………株式会社明光社
製本………小高製本工業株式会社

発行者………成瀬雅人
発行所………株式会社原書房
〒160-0022　東京都新宿区新宿1-25-13
電話・代表 03(3354)0685
http://www.harashobo.co.jp
振替・00150-6-151594
ISBN978-4-562-05632-3